D1341205

Marguerite Duras

La vie tranquille

Gallimard

À ma mère

Première partie

Jérôme est reparti cassé en deux vers les Bugues. J'ai rejoint Nicolas qui, tout de suite après la bataille, s'était affalé sur le talus du chemin de fer. Je me suis assise à côté de lui, mais je crois qu'il ne s'en est même pas aperçu. Il a suivi Jérôme des yeux jusqu'au point où le chemin est caché par les bois. A ce moment-là Nicolas s'est levé précipitamment et nous avons couru pour rattraper notre oncle. Dès que nous l'avons revu, nous avons ralenti notre allure. Nous marchions à une vingtaine de mètres derrière lui à la même lenteur que lui.

Nicolas était tout en sueur. Ses cheveux étaient collés et tombaient en mèches sur son visage ; sa poitrine marquée de taches rouges et violettes haletait. De ses aisselles coulait la sueur, en gouttes, le long de ses bras. Il ne cessait d'examiner Jérôme avec une attention extraordinaire. Au delà du dos fermé de mon oncle, Nicolas a sûrement entrevu à ce moment-là tout ce qui suivrait.

Le chemin monte fort jusqu'aux Bugues. Jérôme, de temps en temps, s'adossait au talus, replié sur lui-même, les deux mains pressées sur son flanc.

A un moment donné, il nous a vus derrière lui mais il n'a pas eu l'air de nous reconnaître. Apparemment, il souffrait beaucoup.

Nicolas, près de moi, le regardait toujours. Il devait s'être déclenché en lui toute une série d'images qui se déroulaient, se déroulaient, toujours les mêmes, et il ne parvenait pas à se dégager de sa surprise devant elles. Parfois, il croyait sans doute pouvoir encore défaire ce qu'il avait fait et ses mains rouges et suantes se serraient.

De vingt en vingt mètres, Jérôme s'adossait au talus. Maintenant peu lui importait que Nicolas l'ait frappé. Nicolas ou n'importe qui. Son visage n'exprimait plus ni la hargne ni la contrariété de tout à l'heure lorsque Nicolas était allé le sortir de son lit. Il s'était avalé, aurait-on dit, et se regardait lui-même, de l'intérieur, ébloui par sa souffrance. Elle devait être terrible. Il avait l'air de la trouver impossible, de ne pouvoir arriver à y croire.

De temps en temps, il tentait de se relever et des « han » de stupeur s'échappaient de sa poitrine. En même temps que ces gémissements, une chose écumeuse lui sortait de la bouche. Il claquait des dents. Il nous avait tout à fait oubliés. Il ne comptait plus sur nous pour l'aider.

C'est Tiène qui m'a donné ces détails lorsque, par la suite, Nicolas lui a raconté cette histoire. Moi, je regardais mon frère.

Pour la première fois, je trouvais de la grandeur à mon frère Nicolas. Sa chaleur sortait en vapeur de son corps et je sentais l'odeur de sa sueur. Elle était la nouvelle odeur de Nicolas. Il ne regardait que Jérôme. Il ne me voyait pas. J'avais envie de le prendre dans mes bras, de connaître de plus près l'odeur de sa force. Moi seule pouvais l'aimer à ce moment-là, l'enlacer, embrasser sa bouche, lui dire : « Nicolas, mon petit frère, mon petit frère. »

Il y avait vingt ans qu'il voulait se battre avec Jérôme. Il venait enfin de le faire alors que la veille encore il était honteux de ne pouvoir s'y décider.

Une nouvelle fois, Jérôme s'est relevé. Il criait maintenant en toute liberté et sans arrêt. Sûrement cela le soulageait. Il avançait par zigzags, comme un ivrogne. Et nous, nous le suivions. Lentement, patiemment, nous le conduisions vers la chambre dont il ne sortirait plus jamais De crainte que ce Jérôme nouveau ne s'égare, nous avons surveillé ses derniers pas.

Lorsque nous sommes arrivés sur le plateau, un

peu avant la cour, nous avons cru qu'il ne pourrait pas atteindre le portail, qu'il n'aurait plus assez de volonté pour franchir les quelques mètres qui le séparaient de son lit. Il nous avait légèrement distancés. Le vent soufflait là-haut et le coupait de nous. Nous n'entendions plus aussi distinctement ses plaintes. Il s'est arrêté et s'est mis à secouer sa tête avec violence. Puis, il l'a levée vers le ciel en poussant de vrais hurlements, tout en essayant de se redresser. J'ai regardé machinalement ce ciel qu'il voyait sans doute pour la dernière fois. Il était bleu. Le soleil s'était levé. C'était maintenant le matin.

Enfin, Jérôme est reparti. De ce moment, j'ai été bien certaine qu'il ne s'arrêterait que dans son lit. Il a franchi le portail et nous l'avons accompagné dans la cour des Bugues. Tiène et père y attelaient la charrette pour aller chercher du bois. Jérôme ne les a pas vus. Ils se sont arrêtés de travailler et l'ont suivi des yeux, jusqu'au moment où il est entré dans la maison.

Papa a considéré avec attention Nicolas arrêté au milieu de la cour, puis il s'est remis au travail. Tiène est venu me demander ce qui s'était passé. Je lui ai dit que Nicolas et Jérôme s'étaient battus à cause de Clémence.

« Il a l'air abîmé », a dit Tiène. Je lui ai dit que cela me semblait grave en effet et que Jérôme ne s'en tirerait peut-être pas.

14

Tiène est allé chercher Nicolas Il lui a demandé de l'aider à atteler Mâ qui, certains matins d'été, se montre rétive Puis, les hommes sont partis aux champs

*

Une fois au lit, Jérôme a repris des forces pour crier. Maman a délaissé son travail pour rester auprès de lui. Il y avait longtemps que je n'avais pas pensé à Jérôme comme au frère de maman. J'ai dit à maman que Nicolas s'était battu avec Jérôme, à cause de Clémence, et aussi à cause de tout ce qui couve entre nous depuis toujours. Je n'ai rien aggravé, Jérôme a dépensé toute notre fortune. Il est cause que Nicolas n'a jamais pu faire d'études, ni moi non plus. Nous n'avons jamais eu assez d'argent pour quitter les Bugues. C'est aussi pourquoi je ne suis pas encore mariée. Nicolas s'est marié avec Clémence. Elle est ma sœur de lait, mais tout de même, elle est notre servante, et elle est laide et bête. Il y aura deux ans aux vendanges, il l'a mise enceinte et il a bien été obligé de l'épouser. Si Nicolas avait pu connaître d'autres filles, il n'aurait pas fait cette sottise. Il y est arrivé après des années de solitude. On ne peut pas dire qu'il était fautif. Il aurait d'ailleurs très bien pu ne pas épouser Clémence. Maman devait bien s'en souvenir : c'était Jérôme qui l'avait poussé. Nous, nous n'étions pas de cet avis. Clémence était partie chez sa sœur à Périgueux. C'est Jérôme qui était allé la rechercher. On les avait mariés la semaine d'après aux Ziès. Nous avions trouvé plus simple d'en finir ainsi. Trouvait-elle que nous avions bien agi ?

J'ai tout rappelé à maman. Elle oublie facilement. Je lui ai dit que c'était moi qui avais dit à Nicolas que Jérôme montait dans la chambre de Clémence, chaque soir, depuis trois mois. Il est vrai que Nicolas la délaissait et qu'elle couchait seule. Mais Clémence connaissait Nicolas depuis toujours et elle aurait dû savoir ce qui l'attendait ; Clémence n'aurait pas dû se faire épouser. N'avais-je pas raison ?

Maman a pris mes mains dans les siennes, elle tremblait : « Et Noël ? » J'ai ri et j'ai dit : « Il est de Nicolas. » Elle m'a demandé comment je pouvais en être sûre. Je l'ai entraînée dans la cour et nous avons regardé Noël qui jouait dans son parc.

Noël a des cheveux raides et roux, des yeux violets sur lesquels battent des paupières transparentes toutes cillées, au bord, de soies rousses. Ses chaussons étaient enlevés et il n'était vêtu que d'une petite culotte qui tombait. Il a commencé par considérer maman. Et comme elle ne disait rien, au bout d'un instant, il s'est remis à jouer un jeu secret qui l'absorbait. Il frappait son parc de toutes ses forces et retombait chaque fois sur son derrière, sans rire ni se mettre en colère. En plein soleil, son petit thorax était d'un rose brun et on aurait cru voir battre son sang par transparence.

Maman paraissait émue. Au bout d'un moment, elle m'a dit : « Tu as raison. » Elle est allée chercher le chapeau de Noël, elle le lui a enfoncé sur la tête, puis elle est revenue auprès de Jérôme.

Je n'ai rien dit de plus à maman. Mais Jérôme devait disparaître des Bugues. Pour que Nicolas commence à vivre. Il fallait bien que cela cesse un jour. C'était arrivé.

*

Vers le soir, Jérôme s'est mis à hurler et j'ai dû surveiller le chemin, de la Grande Terrasse, pour voir si personne ne montait chez nous. C'est beau de là, les Bugues. Nos prés sont beaux. Nos bois aussi qui forment tout autour des volumes énormes d'ombres. On voit très bien jusqu'à l'horizon, de la terrasse. De loin en loin, dans la vallée de la Rissole, il y a des petites fermes entourées de champs, de bois et de coteaux blancs. Je ne sais ce que nous aurions pu faire si un visiteur était monté. Cependant, j'ai bien surveillé le chemin, je me disais qu'il me viendrait sûrement une idée au dernier moment si quelqu'un était apparu. Au fond, je me sentais tranquille. Le soleil a baissé et les ombres se sont étirées longuement sur les flancs des collines. A côté de la terrasse, il y a deux magnolias. A un moment donné, une fleur est tombée sur le rebord du parapet sur lequel je m'accoudais. Elle sentait la fleur tombée, une odeur, presque une saveur, très douce et déjà un peu pourrie. C'était bien août. Clément, de l'autre côté du chemin, à l'ombre de la colline des Ziès, allait bientôt parquer ses brebis pour la nuit. Je suis rentrée. Depuis trois heures, je faisais le guet. J'étais sûre que personne ne s'aventurerait plus sur nos chemins aussi tard.

A la porte de la chambre de Jérôme, j'ai écouté, l'oreille contre le bois. Clémence est venue me rejoindre. Jérôme criait toujours, il réclamait le médecin des Ziès. Maman lui répondait toujours la même chose d'une voix distraite, rêveuse, comme à un enfant qui questionne, que la jument était aux champs et qu'on ne pouvait raisonnablement songer à arrêter le travail pour aller aux Ziès. Aussitôt que maman avait répondu, Jérôme recommençait à la harceler, à lui refaire exactement la même demande. Ses sursauts d'impatience faisaient grincer le lit. Parfois, il insultait maman mais elle restait toujours aussi catégorique que devant un caprice de Noël et toujours avec la même douceur dans le refus. J'ai eu une envie de l'insulter moi aussi, de la voir gifler à cause de ce refus. Pourtant, elle faisait exactement ce qu'il fallait faire. Mais tout de même, ces supplications de Jérôme en pleine figure qui ne la faisaient pas broncher ! Elle répondait : « Mais non, ce n'est qu'un mauvais coup, ce n'est rien. » Jérôme menaçait, il a dit que si on n'appelait pas le médecin, il enfourcherait Mâ, lui, il irait, lui. Puis, il devenait tendre : « Dis à Françou d'y aller, Anna, je t'en supplie ; je me sens très mal, fais ça pour ton frère, Anna... » Françou, un nom qu'il me donnait lorsque j'étais enfant. Voilà bien comme il est, Jérôme, lorsqu'il a besoin de vous. Maman répondait toujours : « Non, Jérôme, non. » Elle devait bien se rappeler, maman, tout ce que je lui avais dit le matin.

Je suis entrée dans la chambre. Clémence a disparu dans le vestibule comme une bête qui habite le noir.

Jérôme était couché tout habillé. Ses lèvres étaient bleues, sa peau jaunâtre, d'un jaune uni. Maman, assise à côté de lui, lisait. La chambre sentait l'iode et, malgré les volets à moitié ouverts, on imaginait mal l'été qui sévissait dehors. Jérôme donnait froid à voir. Je me souviens que j'ai voulu m'en aller. Jérôme se plaignait de toutes ses forces. Ses cris montaient, touffus au début, on aurait dit qu'il allait se vomir tout entier dans une lave épaisse, puis, de cette bouillie, se dégageait à la fin le vrai cri, pur, nu comme celui d'un enfant. Entre deux plaintes, le battement de la pendule se frayait un passage. Jérôme fixait la suspension au plafond et les formes de son corps d'une épaisseur précise étaient en pleine lumière. Peut-être n'avais-je pas été tout à fait sûre jusque-là que Jérôme était en train de mourir. Dans de grandes secousses régulières, ses jambes et ses bras se raidissaient ; son lugubre appel fusait à travers les chambres, le parc et la cour carrée, parcourait le champ entre le chemin et la forêt et allait se tapir dans les buissons pleins d'oiseaux et de soleil. C'était une bête qu'on aurait voulu retenir mais qui réussissait toujours à s'enfuir de la maison et qui, une fois dehors, devenait dangereuse pour nous. Jérôme ne désespérait pas encore tout à fait qu'on arrive à le secourir du dehors. Tout en sachant qu'il était seul aux Bugues avec nous qui le dérobions à tous les regards. Cependant, nous lui parlions avec de la douceur et s'il avait vu nos yeux, certainement il y aurait découvert une commisération pour son corps à la fois si grand et qui avait si mal. Je me souviens bien que j'ai voulu m'en aller. Mais je me suis appliquée à considérer Jérôme, à me faire à ses cris, à ses supplications si tendres parfois, à son visage intolérable. Cela, jusqu'à l'ennui.

Quand les hommes sont rentrés, je suis allée à leur rencontre. Nicolas avait l'air harassé. Il m'a dit : « Il crie toujours ? Si j'avais su... » C'est la seule parole que mon frère m'ait dite durant cette période et il aurait pu tout aussi bien la dire à n'importe qui. Il aurait pu ne rien demander du tout, puisqu'il entendait Jérôme crier. Je me suis senti un peu de colère et un peu de mépris pour Nicolas et c'était pénible en plein dans la joie que j'avais maintenant à le voir. S'il avait « su », qu'aurait-il fait ? J'aurais été curieuse de le savoir. Lorsque je le lui ai demandé, avec un peu d'impatience, il ne m'a pas répondu. Il est parti. Nous l'avons vu qui s'était étendu au bas du parapet, sur le pré. Il paraissait nous en vouloir à tous et à moi en particulier. En même temps, il m'a paru manquer de naturel. De nous savoir suspendus à son silence, au moindre de ses gestes, à la première parole qu'il ne prononçait pas mais que nous attendions, cela le troublait sûrement. Lorsqu'il m'a posé cette question j'ai bien vu à ses yeux qu'il ne pensait à rien de précis. Jérôme ne mourait pas assez vite. Et nous, que faisions-nous là à l'épier ? Mais surtout, Nicolas était triste de la tristesse « sans raison » comme on l'est les lende-mains de noce ou de rentrée du blé. Lorsque la chose est faite et qu'elle n'est plus à faire, on regarde ses mains et on est triste.

Il pouvait être sûr qu'avec nous rien ne se saurait jamais des vraies raisons de leur bataille. Il n'éprouvait donc aucune inquiétude. Il lui suffisait de se rappeler que Jérôme et Clémence couchaient ensemble pour se prouver qu'il avait bien fait de tuer Jérôme. Si les raisons de la haine qu'il portait à Jérôme étaient vagues, ce fait-là était précis. Il pouvait se le rappeler constamment, s'y cogner l'esprit dans les moments de doute. Il avait le droit absolu de faire ce qu'il avait fait. Mais en le protégeant contre la justice, nous nous conduisions comme si c'était nous qui lui donnions ce droit. Nous en gâtions la pureté et du même coup tout le plaisir de Nicolas. Pour lui plaire, il aurait fallu être imprudents.

A un certain moment, Clémence a crié d'une voix assourdie « Luce Barragues ! » Je ne l'ai pas cru, je suis allée à la porte de la cour m'en assurer. En effet, Luce Barragues montait à cheval le chemin des Bugues.

J'ai couru auprès de Jérôme. Sa tête ruisselait de sueur. Il n'espérait plus rien, il ne demandait plus rien, il gémissait toujours. J'ai tamponné son front, je lui ai dit de ne plus se plaindre : Mâ était rentrée des champs, j'irai aux Ziès chercher un médecin à condition qu'il ne crie plus. Jérôme s'est tu. De temps en temps, il ouvrait la bouche, je lui rappelais sa promesse, il restait silencieux.

A un moment donné j'ai effleuré de mon doigt son front qui était moite et froid. Il se mourait

22

sous ma main. C'était une chose qu'on ne sauve
plus, abandonnée.

*

Luce est partie. Les trois hommes se sont mis à
table pour dîner. Clémence servait et desservait
en silence. Malgré les cris de Jérôme, les hommes
ont mangé. Ils se ressemblaient à ce moment-là,
sourds aux plaintes de Jérôme. Ils avaient faim.
Nicolas aussi a mangé. Au-dessus de leurs têtes,
la lampe se balançait et l'ombre ramassée de leurs
dos dansait sur les murs nus. Papa m'a dit : « Tu
vas aller chercher le médecin, Françou. » Lui
n'avait pas cru cela grave le matin, mais maintenant il en était sûr. Comment ne pas en être sûr.
Il est allé voir Jérôme et il est revenu avec un air
rêveur. C'est à ce moment-là, en se mettant à
table, qu'il m'a dit d'aller chercher le médecin. Je
me suis souvenue d'une chose en le voyant : il y a
dix ans lorsque Jérôme est revenu de Paris après
six mois d'absence. Son affaire n'avait pas marché
et il rentrait bredouille, tout ce qui nous restait
d'argent, dépensé. Le lendemain, il avait repris
toute son assurance et se montrait aussi fier, aussi
insolent avec papa qu'auparavant. Et alors, papa
n'avait paru rien remarquer, n'avait rien dit.
 Je suis donc allée aux Ziès. Il faisait nuit et j'y
voyais à peine. Quatre kilomètres le long de la

Rissole. Mâ a rechigné à les faire après sa journée de travail. Mais elle est forte et ne résiste pas au plaisir de trotter avec moi sur son dos. Depuis cinq ans que je la monte, on se connaît, elle et moi. Il faisait chaud. Il n'y avait pas de lune, mais au bout d'un moment j'ai vu très bien la route droite et blanche devant moi. Des fossés à sec montaient des cris de grenouilles. Les petites fermes de la vallée étaient éclairées et on pouvait compter leurs lumières.

A mi-route, j'ai arrêté Mâ un instant. Elle s'est mise à brouter l'herbe au bord de la route. Sous ma robe que j'avais relevée, contre mes cuisses nues, je sentais ses flancs moites et musclés qui haletaient. Qu'allais-je dire au médecin ? J'étais certaine qu'au dernier moment je trouverais quelque explication, tout naturellement. C'était une chose passée, Jérôme.

Je me serais bien attardée là, dans l'ombre. Mâ, sinueuse et déhanchée, broutait au-dessous de moi. La paresse m'a gagnée et je me suis couchée sur son col, la tête de biais. Comme la campagne était tranquille. J'ai revu Tiène à table, calme, beau. Personne ne m'avait adressé la parole pendant le dîner, sauf papa pour me dire d'aller chercher le médecin. Ni Tiène ni Nicolas ne m'avaient regardée. Je me suis dit que j'irais tout à l'heure retrouver Tiène dans sa chambre. Ce soir surtout, personne n'y ferait attention. J'ai revu les hommes des Bugues qui attendaient le médecin sans se l'avouer. Il le leur fallait pour couper leur attente. C'était un vin trop fort pour eux.

Mâ s'est remise à trotter de son pas utile et clair. Dans la nuit, dans les fermes, les gens devaient se dire : « C'est au moins la fille Veyrenattes », et se rendormir sur le pas de Mâ, ce pas qui frôle à peine la route et danse sur le silex en y faisant éclore des fleurs de feu. Ce soir, tout à l'heure, Tiène. Je me souviens bien des flancs de Mâ contre ma peau et de cette pensée de Tiène en même temps qui lui ressemblait, chaude.

Je n'ai croisé personne sur la route. Je suis restée couchée sur Mâ qui a fait son trot plus doux devinant que je l'oubliais.

*

Le médecin était tout jeune. Le vieux était mort l'année dernière. Celui-là nous ne le connaissions pas encore. Il m'a proposé de me ramener en auto. Je lui ai dit que j'avais mon cheval et que je le précéderai. Il m'a demandé : « Qu'est-ce qu'il lui est arrivé à votre oncle ? C'est pour savoir ce que je dois emporter. » J'ai raconté qu'il avait reçu un mauvais coup de pied de la jument, dans le foie. Quand était-ce arrivé. Je lui ai dit : « Ce matin. » Il avait l'air intéressé à l'idée de venir chez nous. Il bavardait. Il connaissait les Veyre-nattes, vous pensez bien. Les Bugues aussi. C'est très beau de la route, les deux pignons de la vieille maison. Il me parlait de sa salle de consultation à côté de la salle à manger où j'étais entrée et sa voix résonnait, claire. Il finissait de dîner lorsque j'étais arrivée ; sur la table pas encore desservie, traînait un livre ouvert. Cette pièce avait été remise à neuf, elle était nette et blanche. A côté, dans la cuisine, on entendait la bonne qui rangeait. Tout à coup, pendant qu'il préparait sa trousse, j'ai senti combien j'étais fatiguée. Je me suis laissée tomber sur une chaise le long du mur, ma tête s'est appuyée sur le buffet. C'est à ce moment-là que j'ai été frappée par la certitude venue je ne sais d'où que ce qui nous arrivait n'avait pas d'importance.

Nous l'avions attendu si longtemps ; j'en rêvais la nuit. Je rêvais qu'il était arrivé ce qui devait nous rendre libres. Il n'est pas possible que les autres n'en aient pas rêvé aussi. Depuis ce matin, j'y croyais. Je croyais que c'était arrivé. J'étais bien. Et tout à coup, il me semblait une fois encore que je n'avais fait qu'en rêver. Qu'est-ce que c'était que la mort de Jérôme ? Jérôme qui criait là-haut, comme notre commencement de liberté, ce n'était pas beaucoup.

J'ai fermé les yeux de lassitude soudaine. Le médecin s'est trouvé tout à coup devant moi. « Ça ne va pas, mademoiselle Veyrenattes ? » Il avait des lunettes de fer, des boutons autour de la bouche, des cheveux blonds bien coiffés, luisants. J'ai dit que Jérôme n'allait pas bien du tout, que d'après moi il était perdu. Il a réfléchi et il m'a posé quelques questions au sujet du coup de pied de Mâ. Puis il est allé reprendre de la morphine. « Ce qui est à craindre, c'est un éclatement du foie. Il buvait votre oncle ? » Son ton avait changé ; il était indifférent. J'ai dit qu'il buvait, j'ai ajouté qu'il devait le savoir, que dans la région on le savait bien, tout le monde, tous ceux...

Nous sommes sortis. J'ai filé au grand galop. Je lui avais dit de m'attendre à la hauteur des Bugues, qu'il ne trouverait pas le chemin au carrefour, qu'il y en avait dix à cet endroit qui partaient dans les bois. En réalité, je ne voulais pas qu'il soit avant moi dans la chambre de Jérôme et qu'il l'entende lui raconter sa querelle. Jérôme ne s'en serait pas vanté, je le savais, mais aussi j'avais des craintes.

Mâ n'était pas contente. Elle est arrivée toute écumante près de l'auto. Le médecin m'attendait. J'ai laissé la jument rentrer toute seule et nous sommes montés ensemble. Dès le plateau, on a commencé à entendre Jérôme. Il me semblait avoir laissé un enfant ; je ne reconnaissais plus sa voix. Ses plaintes avaient grandi. Elles n'étaient plus criées, mais râlées, raclées du fond du ventre, dépouillées d'une dernière pudeur, à vif ; on croyait percevoir le froissement de l'air du plateau lorsqu'elles le traversaient. On en était gêné. Le médecin s'est arrêté net. Il m'a saisi le bras et nous avons écouté. Il faisait nuit noire, mais je voyais ses lunettes rondes et métalliques qui brillaient. Il m'a dit brutalement : « Mais il râle ! ce sont des râles. Pourquoi ne pas m'avoir appelé plus tôt ? » Je lui ai demandé de ne pas effrayer Jérôme qui était très impressionnable. Maintenant, il fallait éviter le pire. Jérôme ne dirait quelque chose que dans l'épouvante.

Dans la salle à manger, il n'y avait que Tiène qui nous attendait. Il s'est levé. Il a mis les mains dans ses poches et il est sorti sans saluer le médecin. J'ai compris qu'il était exaspéré. Je l'avais laissé là, dans ces cris. Quand il est sorti, j'ai eu l'impression qu'il m'abandonnait.

Papa et maman se tenaient dans la chambre de Jérôme. Ils lui faisaient des compresses et lui tamponnaient le front. Le médecin les a salués, puis il a commencé à examiner Jérôme. Celui-ci était d'une couleur bizarre, jaune verdâtre. On ne distinguait plus ses lèvres du reste de son visage. Elles étaient boursouflées comme ses paupières. Son oreiller était trempé de sueur. Il claquait des dents. Le médecin m'a redemandé : « Il y a combien de temps ? » J'ai dit la vérité : « Ce

28

matin. » Jérôme suivait l'homme des yeux. « Je souffre docteur, c'est abominable, là. » Il a montré son flanc. Le médecin a soulevé la chemise. La place du foie était bleu sombre et très gonflée. Quand le médecin l'a palpé, Jérôme a hurlé plus fort. Il a rabaissé la chemise. D'un geste lent, il a pris dans sa trousse une ampoule et il a piqué Jérôme. Il s'est passé cinq minutes pendant lesquelles Jérôme et le médecin se sont regardés. Mes parents étaient sortis. Le médecin souriait et jouait avec le poignet de mon oncle. Sur son visage, on lisait la satisfaction de la certitude. Jérôme a commencé à battre les paupières, puis ses cris se sont espacés de moments de silence pendant lesquels il se léchait les lèvres. Ses cris peu à peu sont remontés à la surface de ceux des vivants. Le médecin m'a soufflé : « C'est la morphine. » Jérôme a gémi de plus en plus doucement puis comme délicieusement, ses cris se sont étirés dans la nuit. Enfin, ils ont cessé. Il s'était endormi. J'ai remonté les couvertures sur lui. Nous l'avons laissé et nous sommes allés dans la salle à manger. Le médecin s'est tourné vers moi : « Je peux vous parler ? Oui ? Vos parents ? ça ne fait rien ? Votre oncle est perdu, vous pouvez toujours le transporter à Périgueux, mais c'est inutile. » Nous avons bavardé un moment. J'avais sommeil. C'était bien inutile de parler. Je ne savais que faire de ce médecin. Il s'est étonné de ne voir personne. J'ai trouvé aussi que papa et maman auraient dû être là. Je lui ai dit qu'ils étaient vieux et fatigués. Il m'a donné plusieurs ampoules de morphine et une seringue en m'expliquant comment on faisait. Il n'y avait rien d'autre à faire ? Rien. Je l'ai remercié. Il est parti.

J'ai fermé les portes de la maison. J'ai éteint. Personne n'a paru. Avant de monter, je suis passée chez mes parents. Ils étaient déjà couchés dans leur grand lit planté tout au milieu de la pièce. Ils dormaient en se tournant le dos. Je suis restée un moment auprès d'eux endormis. Maman m'a eue à la quarantaine. Papa avait près de cinquante ans. Ce sont de vieux parents. Maman a toujours dans les cheveux son odeur de vanille. Papa, lui, dort comme il existe. Son sommeil lui-même est aussi discret et insaisissable que celui d'un insecte. La fenêtre était ouverte sur la cour noire. Il était très tard.

*

Dans la nuit, Jérôme a recommencé à crier.

Toutes les nuits, jusqu'à sa mort, lorsque la piqûre que je lui faisais le soir cessait de faire son effet, il recommençait à souffrir et il criait. Il réveillait tout le monde, mais personne ne songeait à s'en plaindre. Personne ne se levait, que moi. Je descendais, je le trouvais chaque fois glacé, trempé de sueur. Réveillé dans le noir, il avait peur de mourir. A ce moment-là, entre deux râles, les plus doux noms lui sortaient de la bouche. Il me disait que j'étais sa petite Françou, la seule qui l'ait jamais compris. Je lui faisais une piqûre et j'attendais un moment près de lui. Lorsque la piqûre commençait à faire son effet, parfois, il me souriait timidement, pour que je lui sourie à mon tour, pour qu'il n'ait plus peur. Il ne mangeait rien et il maigrissait. Je crois que les derniers jours, la souffrance elle-même, il n'avait plus la force de la ressentir. C'était l'épouvante qui le faisait crier pour que je descende auprès de lui, pour ne pas rester seul.

Un soir, en s'endormant, il a cherché ma main et il m'a demandé de faire venir le notaire. J'ai dit : « Pourquoi le notaire ? » Il n'avait pas un sou à lui. Il n'a pas insisté. Le lendemain, il a recommencé à me demander de le faire venir, tout en sachant que c'était inutile. Mais sans doute aimait-il me l'entendre répéter. Il pouvait encore vaguement espérer que je trouvais que c'était inutile parce qu'il n'allait pas mourir.

Nous avons rappelé le docteur une autre fois. Les gens croyaient que Jérôme avait reçu un coup de pied de Mâ ; ils venaient aux nouvelles.

Les jours s'écoulaient, égaux en apparence. Cependant, la mort de Jérôme ne pouvait plus tarder. Nous la percevions qui se faisait chaque jour plus imminente. Depuis longtemps nous attendions. Je me souviens de cette obstination, de cette délicatesse que nous mettions tous à ne pas en parler. Comme si chacun s'était méfié des autres. Et au contraire nous étions ensemble comme jamais.

Les hommes ont rentré les blés. Puis, ils ont coupé du bois dans la forêt. Il fallait penser à l'hiver. C'était déjà la fin d'août.

Je ne montais jamais chez Tiène et lui ne cherchait pas à me voir. Nicolas ne parlait qu'à Tiène et à Clémence. On le voyait aux repas ; le reste du temps, il travaillait comme d'habitude. Nous ne l'exaspérions plus autant que les premiers jours. Ce répit étalait son acte. Cela lui permettait de s'y faire et de l'approuver. Peut-être que si Jérôme était mort tout de suite, la brutalité de la chose l'aurait rendu plus accessible au remords. Tandis que là, il pouvait s'imaginer par moments que Jérôme n'en mourrait pas. Il devait alors en éprouver un regret si intense qu'il était bien forcé de s'apercevoir que s'il n'avait pas tué Jérôme, Jérôme serait à tuer.

Cela a fait exactement neuf jours depuis la bataille. Jérôme est mort dans la nuit du dixième jour. Il ne m'avait pas appelée de la nuit. Lorsque j'ai vu en m'éveillant le petit jour aux vitres de ma chambre, j'ai compris qu'il devait être mort. Je suis allée appeler Tiène et nous sommes descendus. Jérôme était mort. Sa bouche était ouverte et ses mains traînaient, oubliées de chaque côté de lui, minces. Il ne transpirait plus. Sa figure n'était plus enflée comme lorsqu'il criait, sa tête reposait lourde, sur son cou. Le lit était dans un désordre immobile, figé dans l'état où l'avaient mis les derniers mouvements de Jérôme. La chambre respirait maintenant un grand calme. Cette mort m'a paru aussi loin de ma propre mort que de celle de Tiène, que de la mort elle-même telle qu'on l'imagine toujours. Elle avait dû se produire au début de la nuit et maintenant Jérôme n'était plus effrayant, il était mort, c'est-à-dire une chose éternellement à l'abri de la mort. Jérôme avait réussi à nous quitter, à se hisser jusque-là tout seul, par ses propres forces. Il ne m'avait pas appelée, je ne saurais jamais s'il était mort bêtement, en dormant, ou s'il n'avait pas repris connaissance avant et ne s'était pas refusé à m'appeler. Mais à cause de ce dédain que je lui ai soupçonné d'avoir eu finalement à notre égard, j'ai cessé tout à fait, à la minute, de lui en vouloir.

Nous avons remonté ses draps et nous avons ramené ses mains le long de son corps bien dans le milieu du lit. Aidée de Tiène, j'ai fermé sa bouche avec un mouchoir que j'ai noué autour de sa tête. C'était lourd, la tête surtout, devenue comme les pieds et les genoux, du poids seulement.

J'ai ouvert les rideaux de la fenêtre. Tiène m'a

dit que ce n'était pas la peine. Mais il m'a laissée faire. Son silence, je l'ai remarqué, ne ressemblait pas à celui qu'il observait d'habitude. Il n'avait vraiment rien à me dire. Il s'est approché de moi à la fenêtre. C'était à peine l'aube. Personne encore n'était levé. Tiène regardait comme moi le parc sauvage où nous n'allions jamais. De la brume bleue reposait entre les arbres. Devant nous, le long de l'allée, de petites roses rouges nées de la nuit attendaient le soleil. On entendait déjà quelques oiseaux. Nous ne songions pas à appeler les autres. J'ai vu le visage de Tiène tout près du mien. Une tache de jour blanc l'éclairait. Je l'ai bien regardé, de tout près, pendant qu'il regardait au loin. Sa bouche était relâchée, presque entrouverte. Entre ses lèvres, son souffle passait et repassait; je le voyais légèrement embuer l'air. Ses cheveux sentaient l'aurore, comme s'il avait dormi dehors.

Je l'ai emmené à la cuisine pour lui faire boire du café. Personne n'était encore réveillé. Aucun bruit. Nous nous sommes sentis extrêmement seuls tout à coup. Il est venu brusquement mettre sa main sur ma hanche et il m'a serrée contre lui. Il a fait cela, à ce moment-là, pour ensuite me laisser de longs jours sans même m'adresser la parole. Il m'a demandé si je n'avais pas froid. Pendant quelques secondes, je n'ai pensé à rien. Des choses étranges sont passées devant mes yeux. La petite ville de R..., en Belgique, des villes silencieuses, des places désertes, la mer. Puis nous avons bu le café en silence.

Noël a crié. On a entendu marcher dans la maison. J'ai dit à Tiène qu'il pourrait peut-être aller aux Ziès chercher le médecin pour le constat et toutes les formalités de l'enterrement. « C'est vrai, a-t-il répondu : Je n'y pensais pas. » Clémence est arrivée avec Noël dans les bras, Noël souriait. Clémence sortait de son lit ; ses cheveux raides traînaient sur ses épaules. Elle m'a demandé : « Alors ? » comme chaque matin. J'ai dit que Jérôme était mort. Elle a déposé Noël sur une chaise et elle est repartie très vite. Noël souriait toujours et il s'est mis à jouer avec les franges de la nappe.

*

Papa et maman se tenaient dans le salon, assis côte à côte. Ils répondaient à peine aux condoléances. Ils essayaient toujours d'encourager à parler d'autre chose. A la fin de la journée, maman disait : « Il y a un tel qui n'est pas encore venu, un tel et un tel. » Alors le lendemain, dès le matin, elle se rasseyait avec papa dans le salon et ils recevaient les voisins.

Ce salon, nous nous y tenions rarement. Il me rappelait toujours la petite ville de R... en Belgique où papa avait été bourgmestre. Sur ce même fauteuil aux bras de chêne noir, après cette fameuse réception, il y a dix-neuf ans de cela, papa m'avait prise sur ses genoux et, en me caressant les cheveux : « Nous allons partir pour la France, ma petite Françou. »

A part les fonctionnaires de la ville, personne n'était venu à la réception de maman.

Dans un coin du grand salon, un orchestre de trois violons jouait des polkas. Papa avait ouvert le bal avec la femme du premier conseiller municipal. Personne ne l'avait imité et pendant un quart d'heure papa avait dansé seul avec elle. Je revois le visage de cette femme. Dans les bras de papa, elle se laissait aller un peu ivre, mais de dégoût. Les fonctionnaires étaient partis aussitôt après la première danse, après avoir trempé leurs lèvres dans les coupes de champagne. En partant, ils entouraient la femme du conseiller municipal qui avait dansé avec papa et qui portait mainte- nant un masque héroïque. L'orchestre s'était partagé le lunch. Nous étions restés seuls dans le grand salon, tous les quatre. Puis, je ne sais plus, parce que nous nous sommes endormis, Nicolas et moi, sur des fauteuils. C'est au matin que nous avons retrouvé papa et maman dans la même position que la veille. Ils causaient à voix basse, la tête immobile, et sans les quelques mots qui sortaient de leurs bouches, on aurait pu les croire endormis, les yeux ouverts, dans leurs vêtements de fête. De temps en temps l'un des deux faisait de sa voix douce une remarque sur la soirée de la veille. Leurs paroles ne contenaient aucune rancune contre les fonctionnaires. Maman disait : « C'est impossible, impossible... » et papa répondait : « C'est vrai. » Maman reprenait : « Et je n'ai pas compté les boucles d'oreilles de tante Nano. » Et papa : « Cela fait beaucoup plus qu'on ne le pensait. » Je me souviens qu'à un certain moment il a dit : « Je ne veux pas qu'on vous voie dans la ville. Tu prendras le train de nuit. »

Je fermais les yeux à moitié, je n'osais pas leur montrer que j'étais réveillée. Les lampes électriques étaient restées allumées dans le matin d'automne qui se montrait déjà aux fenêtres. Aucun domestique ne paraissait et toute la maison était encore silencieuse. Derrière les plantes vertes, on voyait les chaises des musiciens et la table du lunch, pas desservie, brillante, ravagée de lumière. Père disait : « Tu diras à Jérôme de t'accompagner. »

J'ai su depuis qu'un mois auparavant Jérôme avait entraîné papa dans des opérations de Bourse et que papa, dans l'obligation de rembourser ses dettes, avait pris de l'argent dans la caisse de bienfaisance de la mairie. Cela s'était su dans la ville. Papa n'avait pas eu le temps de remplacer l'argent avant l'inspection du préfet de la région. « On ne peut pas dire qu'il soit coupable », disait maman, de Jérôme. Papa répondait que non, qu'il ne l'était pas, puisque c'était lui qui avait pris l'argent, lui le bourgmestre, pour le lui donner. Jérôme n'aurait pas pu le faire, il ne l'aurait pas fait. C'était bien lui qui avait demandé de le faire. Mais ç'avait été sous le coup de l'affolement. Et il n'y avait qu'à refuser. « Pour le déménagement, il t'aidera bien, disait papa. — J'irai à Anvers dès demain. Pour le moment les boucles de Nano suffiront », disait maman.

Il y avait dix ans que papa était bourgmestre à R... Mais qu'étaient ces dix ans à côté de l'avenir qui se levait devant eux, pour lequel aucune mesure n'était encore inventée? J'étais encore toute petite. Mais je me suis aperçue très vite, peut-être dès ce matin-là, qu'ils ne tiraient aucune vanité de leur malheur. Ils l'acceptaient jusqu'à ne plus en souffrir. Ils cherchaient à guérir, à réparer les choses, simplement.

A la fin, j'ai fait voir que j'étais éveillée. Je suis allée vers papa. Je me suis arrêtée devant lui. Il m'a regardée longuement sans faire un seul geste. Maman non plus ne parlait ni ne bougeait même un doigt. Le soleil s'était levé et jouait avec les poussières sur le tapis. Papa me regardait avec curiosité. Ses yeux passaient alternativement de mon visage à mes mollets nus, à ma poitrine plate enfermée dans ma robe de bal. Il était devenu en une soirée un bourgmestre déchu, plus que déshonoré, qui ne ferait plus de discours dans le salon de la mairie, qui ne porterait plus l'écharpe de sa ville, qui ne serait plus salué dans les rues. Un homme bon à partir ailleurs. Cette petite fille lui restait encore comme lui restaient ses bras, des années à vivre. Mais ses fonctions de bourgmestre l'avaient sans doute empêché de bien la voir jusque-là et il a dû s'en souvenir tout à coup. C'est à ce moment-là que les mains de papa se sont dénouées du fauteuil qu'elles serraient depuis la veille et qu'il m'a prise sur ses genoux.

Il y a dix-neuf ans de cela. Depuis, nous n'avons plus bougé des Bugues. Maintenant, j'approche de mes vingt-six ans. Les jours m'ont paru longs après la mort de Jérôme et j'ai repensé à ma jeunesse et à cette scène plusieurs fois, parce que je n'avais rien à faire, qu'à regarder les gens monter lentement à travers les arbres pour venir aux condoléances. Papa et maman se tenaient toujours au salon côte à côte, silencieux. On les voyait à peine lorsqu'on arrivait du dehors tant l'ombre y était épaisse. Ils parlaient peu et les gens devaient trouver ce silence décent. Ils ressortaient du salon l'air un peu égaré, ils me serraient rapidement la main en passant et s'en allaient.

*

Le deuxième jour, des hommes sont venus des Ziès apporter le cercueil de Jérôme. C'était aux environs de quatre heures. Il n'y avait pas eu de visiteurs. Il a fallu appeler tout le monde pour la mise en bière. Mais il n'y avait que papa, maman et moi aux Bugues. Tiène et Nicolas étaient sortis. Non pour travailler, mais pour prendre l'air, avaient-ils dit. Clémence, dans sa chambre, pleurait sans doute. Il y avait treize jours qu'elle pleurait sans discontinuer en attendant que quelqu'un veuille bien se souvenir d'elle.

Nous avons conduit les hommes porteurs de la bière dans la chambre de Jérôme. Il y faisait chaud à cause des persiennes fermées. Le cercueil sentait le bois ciré. Il était de forme évasée aux épaules et se resserrait en pointe jusqu'aux pieds. Les hommes ont découvert mon oncle et l'ont porté dans le cercueil. Il se tenait tout droit, il avait l'air de se raidir. L'un des hommes a posé sur la table de nuit une petite soucoupe d'eau bénite et une branche de buis. Il ne restait plus qu'à fermer le cercueil. L'homme a pris un air solennel et il a dit : « La famille ? C'est pour le bénir. » Puis ils ont attendu que nous bénissions Jérôme, chacun à notre tour. Papa et maman paraissaient gênés, ils ne savaient quelle conte-

40

nance prendre. Ils courbaient les épaules et avaient l'air vieux et enfantin. Ils n'y avaient pas pensé. Je sentais qu'ils ne pourraient pas bénir Jérôme. Et ils ne pouvaient pas non plus décider de ne pas le faire. Ils avaient honte devant les hommes de ne pouvoir s'y résoudre. Mais leur honte, s'ils y avaient consenti, aurait été bien plus grande encore. Ensuite, j'ai repensé à leurs hésitations. Ils auraient bien pu prendre le buis et faire sur Jérôme le signe de la croix, comme ils avaient u recevoir nos voisins et accepter leurs condoléances. Cependant, leurs mains restaient nouées. Les deux hommes auraient pu attendre jusqu'au soir, ils n'auraient pas fait ce geste. Peut-être étaient-ils hypocrites à leur manière. Mais personne n'aurait pu les forcer à prononcer des paroles de regrets. Ils pouvaient se dire qu'ils n'avaient menti à personne dans la mesure où la mort de Jérôme nous forçait à une attitude vis-à-vis des étrangers. Ils se le disaient sans doute, et qu'ainsi ils resteraient en paix avec eux-mêmes. Bénir notre oncle, ç'aurait été trop déguiser l'indifférence avec laquelle ils le voyaient mourir. C'était, à soixante ans passés, consentir au mensonge, même le plus naturel. S'ils l'avaient fait, ils n'auraient sûrement pas pu vivre ensuite avec la même tranquillité. Ils le savaient. C'était cela qui les figeait sur place. Moi aussi. Je savais qu'ils ne le feraient pas. Et puis il y avait ce signe à faire,

41

d'une religion dont ils se passaient depuis trop longtemps, qui n'avait plus de sens.

Pour en finir, j'ai dit aux hommes qu'ils pouvaient faire ce qu'ils avaient à faire. Alors, ils ont refermé le cercueil et ils ont scellé le couvercle. La chambre sentait le chêne verni. On entendait les petits cris des vis en cuivre dans le bois lisse. Les hommes ne peinaient pas et ils travaillaient avec soin.

Puis, ils ont déposé la bière refermée sur des escabeaux très hauts qu'ils avaient apportés avec eux.

Je ne me suis pas rendu compte de ce qu'on venait de faire. Les hommes ont dit : « Voilà, c'est fait. » Ils ont soulevé leurs casquettes et ils sont partis. Nous avons entendu s'éloigner leur camionnette. J'ai compris que je ne verrai plus jamais Jérôme. Je me souviens qu'une fois les hommes sortis, nous sommes restés plantés là tous les trois, gênés à cause de la même chose. Nous n'avions pas regardé Jérôme une dernière fois. Je trouvais tout à coup révoltant que nous soyons coupés de lui à jamais sans avoir été avertis plus solennellement qu'on allait l'enfermer. On nous avait surpris. Je me suis dit que si je l'avais revu une seule fois, j'aurais sûrement appris quelque chose de définitif sur ce qu'avait été Jérôme pour nous. J'avais dans les oreilles le grincement des vis de plus en plus désagréable au souvenir et ne pouvais pas me décider à m'en aller. Puis, à la fin, je me suis dit que si je l'avais vu, j'aurais voulu le revoir toujours une dernière fois et qu'il n'y avait pas de dernière fois. Je m'y suis faite et je suis sortie. C'est le seul regret que j'ai emporté de Jérôme, de ne pas l'avoir regardé exprès avant de ne plus le revoir. Mais ce regret, j'aurais pu l'avoir de n'importe qui, de n'importe quel mort.

Des vieilles sont venues dire les prières autour de la boîte en bois, durant deux nuits. Elles ne parlaient à personne. Des vieilles qui partaient avec le jour, après avoir bu la tasse de café que nous leur versions, Clémence et moi. Désintéressées, elles veillaient tous les morts de la plaine de la Rissole. Elles venaient deux par deux, trois par trois, toujours nouvelles, car chacune voulait son tour. Le matin, elles repartaient, décharnées, très légères dans leurs jupes noires.

*

La veille de l'enterrement, vers quatre heures du matin, Clémence est venue dans la chambre et m'a réveillée. Elle était tout habillée. D'une main, elle tenait une valise et de l'autre elle portait Noël. Elle m'a appelée doucement par mon nom : « Tu le comprends, Francine, que je ne peux plus rester

43

ici. Je m'en vais chez ma sœur, celle de Périgueux. » Je lui ai demandé ce qu'elle comptait
faire de Noël. Elle m'a dit que c'était cela le
terrible, mais qu'elle ne savait pas. De grosses
larmes tombaient de ses yeux sur son corsage.
Elle s'était ennuyée tellement qu'elle en avait un
peu perdu la tête. Si elle s'était crue fautive, le
châtiment qu'elle avait attendu lui manquait sans
doute. Elle avait bien deviné qu'elle pourrait
continuer à vivre aux Bugues à la condition de
n'attendre de nous aucune marque d'affection,
d'y vivre seule avec son enfant. Elle préférait
s'enfuir.

Je ne m'étais jamais imaginé comment Jérôme
et Clémence s'étaient plu. Ils s'aimaient dans le
noir du grenier, ils se cachaient de nous. Clémence devait avoir un ventre doux, des seins
laiteux et bas, une force molle vite enfoncée.
Jérôme, dans ses vieux jours, avait dû lui trouver
de la bonté. J'avais servi à défaire cette chose
morne sans doute, mais qui leur avait permis de
supporter l'existence aux Bugues. Je me suis
demandé pourquoi. Peut-être pour ne plus les
savoir en haut qui se cachaient. Sans doute
n'avais-je pas voulu que Nicolas tue Jérôme, mais
que Jérôme soit chassé. Mais je ne savais plus au
juste ce que j'avais voulu. J'avais sommeil. Pourquoi les avais-je dénoncés ? Un jour, j'en étais

sûre, je le saurais clairement. Pour le moment j'avais sommeil, je n'avais pas envie d'y réfléchir.

Je n'ai pas retenu Clémence. Je lui ai donné un peu d'argent et je lui ai dit de laisser Noël : Nicolas était malheureux et il devait avoir son fils avec lui. Clémence m'a regardée sans avoir l'air de comprendre. Puis son visage s'est élargi tout à coup comme par un coup de pierre dans l'eau. Brusquement, elle m'a tendu Noël et elle est partie en courant. Je l'ai entendue descendre l'escalier à petits pas rapides, traverser la cour, et c'est tout. Je lui avais enlevé Jérôme, je ne l'avais pas retenue auprès de Nicolas et cependant elle me donnait son fils, bêtement, sans même essayer de me convaincre que c'était elle qui aurait dû le garder. Je l'ai imaginée un moment, courant pendant quatre kilomètres jusqu'aux Ziès dans la nuit, toute seule. Mais je n'ai pas pu y penser longtemps. Ce n'était pas la peine de me forcer à avoir pitié d'elle, je n'y étais jamais arrivée, je n'y arriverais pas ce soir. De même, je ne lui en voudrais jamais même après ce qu'elle avait fait. Et tout le monde ici était comme moi. Le mieux, en effet, c'était de la laisser partir chez sa sœur.

J'ai tenu Noël dans mes bras pendant un instant : l'enfant de Clémence et de Nicolas. Je ne savais pas quoi en faire, où le coucher jusqu'au matin. J'étais fatiguée, j'avais envie d'apporter son fils à Nicolas, mais je savais que, ennuyé d'être réveillé en pleine nuit, il m'aurait reproché d'avoir laissé partir Clémence. Le lendemain, au contraire, il m'approuverait ; il se sentirait délivré. Pour le moment, il me fallait garder Noël. Il criait, il pleurait. Il n'était que quatre heures du matin. Qu'en faire, mais qu'en faire ? Je l'ai posé sur mon lit, j'ai appuyé ma tête contre le mur pour ne plus le voir, j'ai bouché mes oreilles pour ne plus l'entendre. La vie n'était décidément que désordre et la colère me gagnait.

Désordre, ennui, désordre. Cela avait commencé lorsque Nicolas, un soir de vendanges, l'avait mise enceinte. Et peu à peu, le désordre s'était enchaîné au désordre et les gens s'étaient laissés faire. Bien sûr, ils étaient effrayés, ennuyés à l'avance à l'idée de tout changement, Nicolas, les parents, tous. Brusquement, je me suis aperçue de ma colère et que le désordre m'habitait aussi. Il surgissait soudain de mon corps ; l'ennui qui le cernait était noir, une nuit qui ne devait jamais finir. J'ai pensé à mon âge, à celui de tous ceux qui dormaient dans cette maison, et j'ai entendu le temps nous ronger tous comme une armée de rats. Nous étions du bon grain. Il y avait vingt-quatre ans qu'on se laissait vivre. On avait compté sur le temps pour mettre de l'ordre dans les affaires de la maison. Du temps avait passé. Le désordre avait gagné d'autant. C'était maintenant un désordre des âmes, du sang. Nous ne pourrions plus guérir, nous ne voulions plus. Nous ne savions plus vouloir être libres, nous étions des rêveurs, des vicieux, des gens qui rêvent du bonheur et qu'un vrai bonheur accablerait plus que tout. Jérôme mort, il restait Clémence. Clémence partie, il restait Noël. Et notre pauvreté. Et notre nonchalance, vieille de vingt-quatre ans. Il restait que nous nous plaisions à nous-mêmes et que nous ne désirions rien d'autre au fond que de continuer à nous croire faits pour une vie impossible.

Les autres dormaient. Comme d'habitude, évidemment. Chacun dans son lit dormait son sommeil. Moi, je veillais. Toujours la même chose. J'avais Noël, Noël, né du désordre lui-même et de l'ennui. Lorsque j'y songe maintenant que tout est passé, je me souviens que bientôt je n'ai plus été en colère que contre moi et principalement parce que ces idées m'étaient venues et que je n'arrivais pas à les chasser.

J'ai décidé de monter Noël à Tiène. Ce petit, on se le passait et on se le repassait, ce petit que je venais de découvrir le produit vivant du désordre et de l'ennui. Je l'ai monté à Tiène ; il hurlait dans mes bras, durci par la colère, redoutable. Tiène avait dû être réveillé par ses cris. Allongé, les mains sous la tête, il fumait. « Qu'est-ce qui se passe ? »

Je lui ai dit que Clémence était partie et que je

lui avais dit de laisser le petit. Je lui ai demandé aussi ce que nous allions en faire. Tout en parlant, je voyais Tiène à moitié relevé dans son lit, la forme de son corps. Pourquoi est-il si beau qu'on ne peut s'empêcher de le regarder même dans la colère ? [Pourquoi est-il si désirable, si déroutant, tellement empli de silence que toute parole prononcée en sa présence est mensonge ? Il me souriait, son visage vieillissait et rajeunissait sans arrêt et dans moi le jour succédait à l'ombre, le frais au chaud.]

Comment Tiène peut-il m'aimer ? Je me suis sentie âgée de cent ans, je suis née en des jours malheureux et je n'ai pas la force et je n'aurai jamais l'idée d'espérer quoi que ce soit pour moi seule. Un jour, il est arrivé ici et il s'est arrêté. Il n'a donné que de mauvaises raisons à ce séjour, je le sais bien. Pourquoi Tiène a-t-il quitté une famille excellente pour celle-ci, si ennuyeuse ? Comment Tiène peut-il me désirer de son visage que l'on hume comme un bois frais du matin ? Moi, qui suis laide, pourquoi veut-il me forcer à sourire ?

Noël devait avoir faim disait-il parce qu'on l'avait fait lever en pleine nuit. Il a enfilé sa veste. Il m'a demandé d'aller me coucher. Il descendrait Noël à la cuisine et lui ferait boire un peu de lait. Ensuite, il le prendrait dans son lit jusqu'à demain.

Je les ai laissés et je suis allée me recoucher. Je n'ai pas pu me rendormir. Mon corps était engourdi. Je le sentais bien calme, suspendu à ma tête, bien décidé à être sourd, à ne pas m'écouter. Mais ma tête, de son côté, s'enfuyait toute libre dans un délire d'éveil.

Le ciel est devenu blanc au-dessous des sapins du parc et les cloches ont sonné. Il y a des moments où j'oublie Tiène et où je ne peux plus du tout m'en souvenir. Il devient d'une telle insignifiance que je ne retrouve plus ni ses traits ni sa voix. Bien qu'il soit tout près de moi, là-haut dans une chambre du second étage.

Voici l'aurore, la nuit craque de tous les côtés. On la croyait éternelle. On aurait dû dormir. Puisque voici un nouveau, un immense jour jusqu'à ce soir. Tout est déjà passé. Tout est déjà passé de l'autre côté, déversé dans le gouffre où les jours s'entassent lorsqu'ils ont été vidés, et la mort de Jérôme, et ma vie qui traîne le long des années et de mon âge sans y entrer jamais.

C'est le matin de l'enterrement. Quand le monde cessera-t-il ? Quand les gens cesseront-ils d'enterrer leurs morts avec un soin si parfait ? Quand après l'aurore n'aimerai-je plus Tiène ?

*

Beaucoup de gens sont venus à l'enterrement. Il y en avait que nous connaissions à peine. On n'en avait jamais tant vu aux Bugues.

On a sorti le cercueil et on l'a posé sur une camionnette noire. Celle-là était pour Jérôme seul. Il y en avait deux autres pour les vivants. Ils y sont tous allés, Tiène et Nicolas aussi.

Je suis restée seule aux Bugues avec Noël qu'il fallait garder. Il faisait beau. Noël dormait encore. J'ai été traire nos deux vaches, sortir Mâ, donner à manger aux poules et aux lapins. Sur le haut des Ziès, Clément gardait les brebis ; son chien jappait et courait sur la colline. J'ai pensé que bientôt viendrait le temps de tondre les brebis, bientôt aussi celui d'arracher les pommes de terre, de couper les tabacs, de faire des manocs, à la veillée, sur la grande table du grenier. Le blé était rentré, il faudrait aller le vendre à Périgueux. On avait perdu du temps depuis une quinzaine de jours, il fallait le rattraper. Clémence partie, il allait peut-être falloir prendre quelqu'un pour la remplacer. Avec deux personnes en moins à table, nous y arriverions peut-être.

Je suis rentrée dans la maison. L'air sentait les fleurs, les tables avaient été poussées contre les murs, les portes étaient ouvertes. Je suis allée dans la chambre de Jérôme ; j'ai fermé la porte à clef et j'ai mis la clef dans la poche de mon tablier. Puis, je suis allée prendre Noël dans la chambre de Tiène; réveillé, il racontait de nombreuses choses inarticulées et bienveillantes. Le soleil emplissait la chambre et se reflétait sur sa bouche humide et transparente, sur ses joues où se jouaient des ombres roses. Dans ses prunelles, la lumière s'irisait et découvrait des cristaux verts et violets comme ceux des bas-fonds de la Rissole par les jours de plein été.

Il fallait le changer, lui faire sa bouillie. Hier au soir, j'avais été irritée contre lui. Il m'a tendu les bras et je l'ai porté. Sur ma figure, j'ai senti la tiédeur de sa joue et sa respiration légère. Cela a une odeur de foin chaud, cela s'appelle Noël Veyrenattes, cela a éclos et pris sa place il y a vingt mois dans le ventre d'une femme, d'une très pauvre femme. Je ne sais pas bien ce que j'ai éprouvé. J'ai serré Noël très fort dans mes bras tout en m'empêchant de le serrer davantage. J'aurais voulu me réconcilier avec lui, en confondant sa faiblesse si fraîche, avec ma force déjà vieille.

Je l'ai habillé et je l'ai fait déjeuner. Puis, il a fallu ranger les chaises et les tables, donner à la maison un air de calme et d'ordre. Il était bien midi lorsque je suis sortie avec Noël. Ils ne reviendraient pas avant trois bonnes heures. Ils déjeunaient aux Zès. Le temps de revenir à pied, il fallait bien compter trois heures.

La clef de Jérôme dans ma poche — il fallait le

faire comme le dernier point d'un ouvrage — je
suis allée au puits, j'en ai soulevé la table et j'ai
jeté la clef. Il ne fallait pas que ce soir, maman ou
Nicolas puissent aller fouiller dans les affaires de
Jérôme. On aurait dit que la clef descendait dans
mon corps, gelée et dure. J'ai entendu le bruit
qu'elle a fait en arrivant au fond. Jérôme ne se
présenterait plus, bel homme dépoitraillé, au seuil
de la maison. Jérôme, ç'avait été simplement cette
arrogance attablée à côté de nous et qui ne
laisserait pas de souvenirs. C'était fini.

Je suis allée avec Noël dans le petit bois à
clairières qui est derrière la grange et nous avons
attendu le retour des autres.

Noël s'est endormi dans le creux de mon bras.
A un moment, il a eu faim et il a cherché, de sa
main, à découvrir mon sein. Il s'en amusait en
dormant. Il se réveillait et nous riions ensemble.
Puis, il s'endormait encore et recommençait à
téter mon sein que j'avais sorti de ma robe.
Ensuite, dans le sommeil, sa bouche oubliait et
s'entrouvrait, mouillée. Le bruit de succion qu'il
faisait en tétant, si léger, me faisait découvrir que
j'avais un corps resté tout jeune encore à travers
d'épaisses et anciennes fatigues. Je le sentais
parcouru maintenant d'un jeu de frémissements si
neufs, si matinaux, que je riais toute seule.

Nous étions bien là tous les deux. On voyait le
ciel bleu au-dessus de nous, et à nos pieds,

allongées sur les flancs des collines, nos forêts serrées et sombres. A un certain moment, j'ai vu que Clément rentrait ses brebis. Son chien a jappé et les bêtes sont parties dans un bruit doux et mou de froissement de prairies. Je ne sais pas si je me suis endormie tout à fait. J'ai rêvé d'un paysage léger qui me rappelait celui des Bugues qu'il me semblait avoir quitté depuis longtemps.

Au moment où j'ai rouvert les yeux, des gens montaient le chemin. Ils marchaient les uns derrière les autres, curieusement, parfois ils se groupaient et parfois ils se séparaient. Dans le soir qui venait, leur groupe faisait une tache d'ombre mouvante et de forme incertaine.

*

Ils sont rentrés des Ziès avec Luce Barragues. Nicolas avait appris par moi que Clémence s'en était allée ; il le lui avait dit et c'est pourquoi sans doute Luce était venue aux Bugues.

Depuis deux ans, elle n'était jamais revenue à la maison, depuis le mariage de Nicolas. De loin en loin, elle passait mais elle ne descendait pas de son cheval et s'en allait au bout d'un instant. Le temps de se montrer à Nicolas et elle repartait. Nicolas n'avait jamais tenté de la retenir. Lorsqu'elle s'éloignait, il s'accoudait à la terrasse et la suivait des yeux. Quelquefois, elle se retournait : ils se regardaient de loin pendant quelques secondes et elle fouettait son cheval, Nicolas revenait de la terrasse, pâle, harassé d'impatience. Il se mettait alors à chercher Clémence dans toute la maison. Dans ces cas-là, Clémence se cachait. Il allait la sortir du vestibule sombre et l'amenait dans la lumière de la salle à manger. Il ne lui disait rien et, déjà, elle tremblait. Là devant elle, Nicolas devait vivre l'instant où, un soir, il retiendrait Luce de force et devant tout le monde. Il se laissait tomber dans un fauteuil et fermait les yeux, la tête baissée sur la poitrine. Clémence était devant lui, les bras ballants. Elle le voyait relever un visage aux yeux brillants, aux traits tendus. Ses lèvres humides étaient gonflées ; on se souvenait alors des lèvres de Luce. Clémence se mettait à pleurer et lui demandait ce qu'il voulait. Il commençait par lui dire qu'il ne voulait rien, puis il lui demandait des nouvelles de Noël ou de lui dire comme elle se trouvait dans la maison. Il semblait oublier qu'il y avait un an qu'il était marié. Dans ces moments-là, il éprouvait sûrement pour elle une espèce de surprise peut-être un peu attendrie. Il devait convenir à part lui qu'elle endurait la vie des Bugues et qu'elle restait. Cela lui donnait un peu d'existence réelle dont il était surpris et curieux. Mais Clémence se sauvait. Réfugiée dans sa cuisine, seule, elle l'injuriait à voix basse en sanglotant.

Pendant deux ans, Luce était restée inapprochable, terriblement exacte dans l'absence. Elle s'était toujours montrée suffisamment pour empêcher Nicolas de l'oublier.

*

Je n'ai jamais su ce qu'ils s'étaient dit pour que Luce soit revenue le soir même de l'enterrement de Jérôme, dès le lendemain du départ de Clémence.

Nicolas lui avait probablement confié que Jérôme n'avait jamais reçu de coup de pied de Mâ et que c'était lui qui l'avait frappé. Mais je n'en suis pas sûre.

Elle bondissait là, tout de suite, sans honte. Elle venait dans un élan si fougueux qu'elle forçait la honte, à peine née, à se terrer, honteuse d'elle-même. Elle voulait Nicolas sans attendre, tout frais encore du meurtre de Jérôme, tout maladroit de la liberté du départ de Clémence.

Tout le monde avait très faim et nous avons commencé à dîner presque en plein jour. Nicolas avait ajouté à l'ampoule du plafond une vieille lampe à pied dont nous ne nous étions plus servis depuis la Belgique. En l'honneur de Luce.

Nous avons tué deux belles poules. L'odeur nous en arrivait dorée, joyeuse. On avait cette faim d'après les journées de plein air et l'on éprouvait le besoin de fuir l'horizon fumeux des champs où l'œil ne trouve jamais à se poser, de se sentir cernés entre quatre murs à portée de la main. « Ça va être prêt, disait Luce Barragues, un peu de patience, les garçons. » Et elle riait. Son manteau noir enlevé, elle est apparue dans une robe d'été. Pas très grande, mince, des épaules rondes, douces, ensoleillées. Elle avait des cheveux noirs qui caressaient son cou et qui remuaient, remuaient sans cesse, des yeux bleus, un visage très beau, très précis qui se défaisait continuellement dans un rire silencieux. On croyait la connaître. Sa mère morte, elle vivait seule avec le père Barragues et deux jeunes frères. Riche, et des domestiques. Des mains seulement durcies par les rênes de la jument. Quelquefois, tôt, en été, je la rencontrais du côté des Ziès et nous faisions la course sur nos chevaux. Je me souvenais d'un visage blanc et de lèvres mauves du froid du matin sous des yeux bleus. Mais je ne l'avais jamais vue rire à la lumière, les bras nus, la gorge nue, entre deux hommes. Elle marchait là dans la pièce comme encore à cheval. Ses gestes les plus doux faisaient du vent, dégageaient une odeur de vent. Elle était partout autour de nous. Nous en étions étourdis, interdits. Ce soir d'enterrement, nous ne savions plus quelle était l'allure vraie des choses. Chacun sentait l'autre arrivé au bout de notre vieille lenteur à tous, au bord de l'impatience, de l'exubérance peut-être.

A table, elle nous montrait comment il fallait rire. Tranquillement, en mangeant, elle riait dans la figure de Nicolas. Lui se forçait à être sérieux et cependant on devinait qu'il aurait ri de tout au moindre prétexte. Ce n'était plus le même frère. Je le gênais vaguement. Il ne savait plus que regarder, que dire, comment se servir de ses mains pour boire et manger. Une joie dangereuse l'étouffait ; elle giclait parfois de lui dans un mot, dans un rire, dans un geste qu'il n'avait pas su retenir. J'avais l'impression qu'il pouvait en mourir. Il cherchait à se lancer une fois pour toutes dans un flot de rire naturel où l'importance et l'orgueil qui l'étouffaient depuis l'affaire de Jérôme seraient emportés. Il regardait de tous les côtés, il se retournait même et ses mains tremblaient de la même recherche que ses yeux. Luce était en face de lui. Il la cherchait encore. Il n'y croyait pas. Il ne la voyait pas. Il aurait voulu avoir encore à lui apprendre que c'était lui qui avait tué Jérôme. De temps en temps son regard revenait précipitamment vers elle. Puis, il regardait encore la cour, la recherchait encore. Il essayait de l'apercevoir entre les arbres, sur son cheval.

Le repas avançait. Parfois en parlant, elle prenait la main de Nicolas dans la sienne mais il ne la laissait pas faire et la retirait vivement. Luce riait de plus belle. Elle disait qu'elle le savait depuis longtemps que Nicolas était bizarre, mais pas au point de s'empêcher d'être joyeux alors qu'il en avait envie. Elle n'aurait pas dû dire cela. J'ai eu peur que Nicolas ne se ressaisisse, mais il n'a pas fait attention. Les autres non plus n'ont paru rien remarquer. Tout le monde écoutait Luce avec un mélange de ferveur et de distraction, comme une musique.

Il y avait des années que Luce et Nicolas voulaient connaître le goût de leurs bouches. Il existait entre eux depuis le mariage de Nicolas une vieille querelle muette jamais vidée. Et Nicolas était un peu brusque avec Luce parce qu'il ne voulait pas résoudre encore cette querelle. Il ne voulait pas être heureux aussi vite, il n'entendait pas savoir qu'il était déjà heureux. Il aurait eu du remords à quitter tout de suite sa vieille tristesse.

Lorsque Luce disait qu'il était bizarre, cela n'avait pas de sens mais je ne pouvais pas m'empêcher de retrouver mon ancien petit frère. « Bizarre. » Nicolas dansait dans ma tête au-dessus de ce mot, âgé de tous les âges qu'il avait eus successivement, tournait autour, s'en échappait et y rentrait sans cesse, tantôt tout petit comme Noël, tantôt suant et tremblant de sa bataille avec Jérôme. Tel que je le voyais là ce soir, il se tenait sur la crête de ce mot vague, mince, rêveur, comme un danseur. D'une minute à l'autre, il allait sombrer dans le bonheur. J'aurais voulu qu'il se souvienne un peu de moi, qu'il me regarde. Simplement prendre ma main et l'embrasser, se rappeler par exemple que j'étais là lorsqu'il avait tué Jérôme. Que nous parlions ensemble une dernière fois de ce matin-là comme d'une chose de notre amour qui était à nous deux seuls. Mais, justement, il évitait de me regarder. De cela il ne parlerait plus désormais qu'à Luce. Et c'est pourquoi, très loin, au delà de ma joie, je me sentais un corps triste, sans frère.

Nous parlions surtout de Nicolas. D'un Nicolas d'avant son mariage, de son enfance, et il arrivait que je sois mêlée aux récits que l'on en faisait. Luce nous a rappelé nos rencontres sur les berges de la Rissole pendant les premiers étés que nous passions aux Bugues.

Tiène se levait souvent pour aller chercher de nouvelles bouteilles de vin. Tout le monde avait soif. C'était sans doute parce que Tiène lui-même était un peu gris qu'il avait l'air de se rappeler lui aussi comment Luce et moi nous avions failli étouffer Nicolas en lui apprenant à siffler dans une tige de sureau ; et de notre épouvante, et de notre acharnement ensuite à continuer ce jeu terrible malgré la peur que nous avions eue.

Papa et maman m'encadraient à table. Ils parlaient peu. Ils nous écoutaient, ils répondaient aux questions que nous leur posions. Ils n'avaient guère de souvenirs de notre enfance aux Bugues parce qu'à ce moment-là ils avaient dû beaucoup travailler et ne s'étaient pas beaucoup occupés de nous. Je me souvenais mieux qu'eux des histoires de Nicolas, je me souvenais mieux que quiconque de notre passé. C'est pourquoi je parlais tellement. Tiène se mêlait à notre conversation. Il riait avec nous. Nous avions presque oublié qu'il n'avait pas grandi aux Bugues. Sans doute riait-il de ses souvenirs à lui. Mais il n'en disait rien, par discrétion, pour qu'il ne soit question ce soir-là que de mon frère.

Tout en parlant, je voyais Nicolas qui m'écoutait avidement par une sorte d'inattention supérieure. Il était assis auprès de Luce. Par sa chemise entrouverte, je voyais sa poitrine lisse et dorée à la lumière. Ses bras ne se retiraient plus aussi brusquement quand ils touchaient ceux de Luce. En les regardant, on ne pouvait s'empêcher de penser aux corps qu'ils auraient, nus. A côté de la chevelure si noire de Luce, celle de Nicolas paraissait châtain clair, striée de mèches presque blondes, décolorées par le soleil. Sans doute avaient-ils eux aussi bu trop de vin. A la fin du repas, leurs têtes parfois se rapprochaient et se frôlaient. Ils ressemblaient à deux jeunes bêtes qui jouent. Lorsqu'ils riaient, leurs lèvres et leurs dents luisaient sous leurs rires, comme des choses ensoleillées.

Nicolas parlait quelquefois mais seulement pour rappeler que Luce avait joué avec nous, qu'elle avait été là, à telle ou telle occasion.

De temps en temps, je regardais dehors. La forêt était déjà toute bleue. Il devait être tard. Au ras du parapet, s'alignaient les sommets triangulaires des sapins noirs.

A un certain moment Clément a traversé la cour pour s'en retourner chez lui, sur la colline des Ziès où il habite. Il portait un seau de lait de brebis. En passant, il a regardé notre table tout illuminée au milieu de nous six qui étions joyeux. Il a détourné la tête, il nous a salués de son chapeau et il s'en est allé. A part moi, personne ne l'avait vu passer. Je n'osais pas regarder trop longtemps dehors de crainte de leur montrer qu'en réalité je ne me trouvais pas en ce moment auprès d'eux mais par là, auprès de Clément, sur les chemins déjà sombres dont je me souvenais comme de lieux très lointains. C'était la première fois qu'on rappelait autant le passé dans la famille. En en parlant si longuement à Luce, pour Luce, je l'ai senti qui gisait dans ma mémoire, désolé. Pour eux deux, au contraire, le même passé se trouvait en pleine lumière, tout en fleurs. Jusque dans nos souvenirs, Nicolas m'avait oubliée. J'aurais bien voulu être seule, cesser de parler avec eux pour pouvoir y penser à mon aise.

A la fin du repas, j'ai vu que Tiène avait fini par se distraire. Il regardait la cour, lui aussi. Il a dit qu'il devait être tard et que jamais avant ce soir il n'avait senti aussi profondément combien on se sentait loin de tout aux Bugues.

Papa et maman paraissaient fatigués. Ils n'écoutaient plus. Papa s'endormait. Il nous a dit en souriant qu'il se faisait vieux et qu'il n'était plus assez jeune pour veiller.

Nous sommes sortis de table.

Nicolas, Tiène et Luce sont passés dans l'atelier. Je suis restée seule avec maman. Elle m'a complimentée et m'a dit que j'avais bien rangé la maison. Elle m'a demandé si je m'étais occupée de la chambre de Jérôme. Je l'ai tranquillisée : la chambre était rangée ; il n'y avait rien là-dedans qui pouvait encore nous intéresser, on l'ouvrirait plus tard, au moment du nettoyage d'hiver. J'avais la clef. Plus tard on verrait. Maman n'a pas insisté. Elle paraissait fatiguée, mais elle n'avait pas l'air de vouloir encore aller se coucher.

— Assieds-toi un peu près de moi, une minute seulement.

Nous nous sommes assises l'une près de l'autre, le long du mur de la salle à manger.

— Tu ne m'as rien dit depuis quinze jours,

Françou On n'a pas eu le temps de se parler. Où est Clémence?

Je lui ai raconté en quelques mots le départ de Clémence. Je m'étais occupée de Noël. En ce moment il dormait en haut. Je l'avais fait manger avant le dîner. Il ne fallait pas qu'elle s'inquiète de l'avenir. Je m'occuperai toujours de Noël. Il valait mieux que Clémence soit repartie à Périgueux.

— Et Nicolas? Que va faire Nicolas? Et toi, Françou? C'est que notre vie va changer.

Elle parlait vite. Soudain elle se rappelait que je n'étais pas mariée. Je savais que c'était chez maman le souci le plus constant mais elle n'en parlait jamais directement à personne. De la mort de Jérôme, elle augurait sans doute une ère de changements de toutes sortes dans notre existence. Jérôme était mort, rien n'était donc tout à fait impossible, après tout je pourrais réussir à me marier.

Elle a mis ses mains dans les miennes et presque aussitôt, comme d'habitude, elle a commencé à oublier ce qu'elle venait de dire. Je lui tenais les mains très fermement et elle se rassurait peu à peu.

Elle a maigri en vieillissant et ce soir-là, dans sa robe de taffetas noire, c'était plus visible que les autres jours. Je sentais ses doigts entre les miens, durs et noueux comme des racines. De dessous sa jupe, ses pieds sortaient, ficelés dans de très petites bottines vernies.

Je lui ai demandé si elle était triste à cause de la mort de Jérôme. Elle m'a dit que oui, naturellement. Je me suis aperçue tout d'un coup qu'elle était vieille. Mais il était vrai que toujours elle m'avait paru vieille, la plus vieille de toutes les femmes. Je crois que c'est le souvenir de la ville de R... en Belgique qui l'avait rendue indifférente à tout ce qui se passait depuis vingt ans autour d'elle. Elle s'était mise à y penser après son départ, à repenser sans cesse à sa jeunesse qui s'y était écoulée sans qu'elle s'en aperçoive. Souvent, dans la nuit, je savais qu'ils en reparlaient avec papa, parfois longuement. A part ces souvenirs, rien ne préoccupait vraiment maman depuis qu'elle était aux Bugues. Quelquefois, elle pensait à mon mariage, mais c'était avec plus de curiosité que d'inquiétude. Je crois que depuis longtemps déjà maman avait en secret, dans son cœur, abandonné ses enfants. Elle l'avait fait à sa manière qui était pleine de grâce parce qu'elle ne devait pouvoir se supporter que dans le dénuement, mais le plus innocent. Je l'avais toujours connue fascinée par le miroitement des jours qui passent; quels qu'ils aient été, sombres ou gais, elle n'avait jamais songé à s'en attrister ou à s'en réjouir. Elle n'était ni heureuse ni malheureuse,

elle ne se trouvait pas avec nous ; elle était avec le l'indifférence de la mère
temps qui passe, d'accord avec lui.

Lorsque par hasard je tenais maman à ma disposition je m'émerveillais toujours de sa grâce si grande. Ce soir, j'en ai oublié les autres qui m'attendaient à côté. Je ne voyais pas ses yeux qui étaient baissés. Sur son visage fermé, des rides couraient, rondes, douces, qui indiquaient qu'elle était âgée et que sa vie se terminerait bientôt. Elle n'y pensait pas. Ce n'était plus maman qui était sur cette chaise mais déjà son image. J'ai pensé à sa mort par un matin de plein été. C'était une chose presque bonne à penser à force d'être simple et naturelle. Nous ne l'enterrerions pas aux Ziès comme Jérôme, mais ici même, face à la belle vallée de la Rissole.

Elle m'a demandé si je me marierais avec Tiène. On ignorait qui il était, Tiène, au fond, disait-elle ; on ne connaissait pas sa famille. Elle aurait bien voulu la voir au moins une fois afin de me marier convenablement.

Je l'ai embrassée et je lui ai dit qu'elle était surtout curieuse de savoir où nous en étions. Elle n'a pas insisté et elle a aussitôt parlé d'autre chose. Elle m'a dit, ce que je savais déjà, que Luce était revenue des Ziès avec eux et qu'elle avait trouvé que Nicolas en avait paru heureux. J'ai bien compris qu'elle aurait aimé que je lui donne mon avis sur le départ de Clémence et le retour de

65

Luce aux Bugues. Mais je ne pouvais rien lui répondre et elle est restée silencieuse elle aussi. Elle devait être du même avis que moi, qu'il était impossible d'en parler. Maintenant que Nicolas était libre après avoir attendu si longtemps de le devenir, nous nous sentions très étrangers à lui. J'avais l'impression que Jérôme, plus que nous-mêmes, l'avait retenu aux Bugues. Maman devait l'avoir senti aussi bien que moi. En supprimant Jérôme, Nicolas avait perdu son ancienne patience et sa raison d'attendre. Et Luce était apparue au moment précis où Nicolas cherchait un prétexte à sa nouvelle liberté. Nous ne pouvions savoir jusqu'où elle l'entraînerait, avant qu'il s'aperçoive que c'était bien autre chose que Luce qu'il avait attendu des années. Bien autre chose, qui ne peut s'atteindre ni par la folie ni par la raison. Non, nous ne pouvions plus savoir ce que deviendrait Nicolas. Il était décourageant à l'avance de tenter de l'entrevoir. C'est pourquoi maman ne m'a plus questionnée et, bientôt, elle a désiré retourner vers papa. Et lui-même l'appelait, impatient de ne pas la voir venir. Déjà, elle devait s'ennuyer de penser à Nicolas, s'en vouloir d'avoir songé même pendant un moment à le retenir auprès d'elle. Je l'ai embrassée dans ses petites rides, sur ses paupières fanées et le long de son front, au bord de ses cheveux, là où elle ne sait pas qu'existe l'odeur d'une fleur.

66

Elle s'est éloignée, puis j'ai entendu qu'elle parlait à papa de la bonne soirée qu'ils avaient passée.

J'ai pensé que nous avions des parents pour nous permettre seulement de pouvoir les embrasser et sentir leur odeur, pour le plaisir.

Je suis allée retrouver les autres dans l'atelier. Luce et Nicolas étaient assis l'un près de l'autre sur le divan. Luce avait la tête appuyée contre le mur, le cou dégagé de ses cheveux. Ses yeux étaient fermés mais on aurait dit qu'elle continuait à regarder quelque chose à travers ses paupières. Son visage immobile exprimait maintenant comme une profonde fatigue malgré le sourire oblique oublié sur sa bouche. Elle ne l'écoutait pas lui parler à l'oreille. Elle avait l'air de penser à une chose inactuelle. Qu'un jour elle laisserait Nicolas après l'avoir tant attendu, elle devait déjà le savoir et s'en désespérer à l'avance. Elle le savait depuis toujours, tout en se le cachant, naturellement, mais ce soir qu'elle l'avait enfin tout à elle, elle ne pouvait sans doute plus se le cacher.

Lui était penché sur sa gorge, les bras durement tendus le long du corps. Ses mains, à plat sur le divan, frôlaient celles de Luce sans penser à les saisir. Il paraissait distrait d'elle à force d'épier son visage. D'une voix étouffée, il la

questionnait sans répit : « Pourquoi à cheval ? si
tard ? Le soir, toujours le soir ? »

Il avait bu, mais pas assez pour abandonner
son air un peu coléreux ni pour oser la prendre
dans ses bras. Il voyait qu'elle paraissait déjà
excédée d'attendre de s'en aller avec lui. Je me
suis demandé s'il ne vivait pas une espèce de
cauchemar. Elle répétait : « Je n'ai pas mon
cheval, tu vas me raccompagner. »

Elle connaissait trop Nicolas pour s'amuser à
l'intriguer. Ce qu'elle ignorait seulement c'était le
corps de ce garçon qui avait grandi à côté d'elle et
dont elle était restée depuis toujours proche et
séparée par une sorte de pudeur fraternelle. Il la
devinait impatiente de s'en aller avec lui. C'est
pourquoi sans doute il lui parlait autant, pour la
retenir, pour qu'elle lui laisse du répit avant de
s'avancer avec elle dans le chemin. Sa hâte ne le
trompait pas et l'angoissait.

Quand j'y songe maintenant, je crois que le
désir de Luce était différent de celui de Nicolas.
C'était un désir de toujours qu'elle avait eu très
tard le courage de s'avouer. C'était elle qui lui
avait appris qu'ils se désiraient et qu'ils pouvaient
avoir raison de leur éloignement de frère à sœur.

Maintenant, en essayant de le retarder, Nicolas
lui gâchait son plaisir qu'elle aurait sûrement
voulu sans délai, peut-être aussi sans lendemain.

A bout de patience, c'est elle qui l'a entraîné dehors.

Ils ne nous ont pas dit au revoir. Ils sont partis ensemble dans la nuit chaude d'août.

Je suis restée seule dans l'atelier avec Tiène. Assis au piano, il chantonnait en s'accompagnant légèrement d'un doigt. Il a entendu Luce et Nicolas s'en aller, il a cru que j'étais partie aussi.

Il s'est cru seul. Il a fredonné plus fort. Je n'osais pas bouger et je me tenais debout au milieu de l'atelier sans faire de bruit. Je ne voyais que son dos au fond de la pièce mal éclairée, son dos et son cou sur lequel les cheveux naissaient en petites paillettes cuivrées.

Depuis quinze jours, il ne me parlait plus. Il paraissait ne plus s'intéresser à moi. Je né connaissais pas ce qu'il chantait. A l'entendre, c'était comme si la vie se dépouillait tout à coup des événements comme d'une écorce inutile pour apparaître dessous, paisible et forte. Je ne l'avais jamais surpris tout seul. Il paraissait heureux.

Nous ne connaissions pas Tiène. Je ne le connaissais pas non plus. Je me suis dit que bientôt peut-être il partirait des Bugues. Son départ, pas plus que son arrivée, ne m'apprendrait rien sur lui. Il se désintéressait profondément de toutes nos histoires. Il n'était là que pour son plaisir, un plaisir que nous ne pourrions jamais comprendre, celui de vivre avec nous. Je ne devais pas plus compter à ses yeux que Nicolas ou Luce. A y réfléchir, c'était comme s'il m'avait forcée à ne jamais l'aimer, à ne lui plaire qu'en restant pareille toujours, à n'être personne. Bientôt il me laisserait aux Bugues avec eux, avec rien.

Je me suis demandé tout à coup si son départ avait une grande importance, si au fond je ne désirais pas qu'il parte tout de suite. Je crois que, sans me l'avouer, j'ai eu envie de le chasser, à l'instant même, des Bugues.

Nous étions seuls tous les deux. Maintenant, la nuit était noire aux fenêtres. Il entrait dans la chambre l'odeur douce et épaisse des magnolias. Le vent ne soufflait pas. On aurait pu entendre entre des pans de silence total les fleurs des magnolias se détacher de l'arbre et tomber dans le noir.

Je suis partie en laissant Tiène au piano. Il ne s'est aperçu de rien. Je n'aurais pas pu aller le rejoindre comme j'en avais l'intention. Chaque soir j'avais cette intention, chaque jour pour le lendemain, sans oser jamais le faire. Je me suis dit que j'irai dormir sur la colline des Ziès dans la hutte de Clément. Clément l'a construite pour les jours de pluie. Elle se trouve au sommet de la colline et de là, le matin, on découvre toute la plaine de la Rissole jusqu'aux Ziès.

En traversant la cour j'ai encore entendu

Tiène. Le chant m'a poursuivie pendant un moment; après la cour, il a encore tenté de marcher à mes côtés, puis, non. Après le portail, à l'orée du chemin : l'août tout seul.

Août fleurit après tous les arbres, une fois que tous ont leurs fleurs, en une nuit. Comment se tenir au faîte de ce mois, connaître durant une seconde ce vertige d'août avant septembre ? Bois, plaines mûres, falaises chauffées, se tenaient immobiles dans une stupeur surnaturelle au sein de laquelle s'élaboraient le septembre et l'octobre. L'odeur des fossés des Bugues était celle d'une pourriture, celle d'août qui, en elle, porte toutes les odeurs des mois.

Je n'étais personne, je n'avais ni nom ni visage. En traversant l'août, j'étais · rien. Mes pas ne faisaient aucun bruit, rien n'entendait que j'étais là, je ne dérangeais rien. Au bas des ravines coassaient les grenouilles vivantes, instruites des choses d'août, des choses de mort.

flashback

Nous ne connaissions pas Tiène. Il y a quatre mois, un matin, il est arrivé ici et il a demandé à voir Nicolas. C'était un matin d'avril. J'étais en train de couper les bourgeons des tabacs. Il s'est arrêté dans le chemin : « Nicolas Veyrenattes, c'est ici ? » Il m'a paru grand et il avait un visage et une voix parfaitement inconnus. Il semblait ne pas avoir froid malgré le vent. On aurait dit qu'il avait dormi dans la forêt et qu'il venait à peine d'en sortir. Il portait un costume bien fait ; je ne l'avais pas vu arriver ; ses mains étaient vides.

C'était la première fois que quelqu'un d'étranger venait aux Bugues. A part les trois familles qui nous entourent et qui s'arrêtent en passant, de temps en temps, personne ne vient jamais nous voir.

J'ai regardé mes mains toutes noircies par le tabac, j'avais sur moi un vieux pantalon de papa que je mets pour ce travail-là. J'ai eu un peu honte. Je me suis approchée de lui. Le vent dérangeait mes cheveux et m'empêchait de bien le voir. Il soufflait une bise fraîche dans le soleil blanc. Il avait probablement oublié sa question. C'est moi qui la lui ai rappelée : « Pourquoi Nicolas Veyrenattes ? C'est ici, mais pourquoi voulez-vous le voir ? » Il ne m'a pas répondu et m'a demandé si j'en avais pour longtemps à couper du tabac. « Pour toute la matinée, ai-je dit, et peut-être pour le début de l'après-midi. » — « Et que fait Nicolas Veyrenattes pendant ce temps-là ? » Je lui ai dit qu'il labourait avec son père. Il m'a encore demandé si je coupais du tabac très souvent, si j'aimais ce travail. J'ai répondu à chacune de ses questions sans méfiance. Cette conversation n'en était pas une en réalité. Elle roulait sur des choses ordinaires et précises qui semblaient ne pas avoir d'importance. Il paraissait distrait et moi aussi je lui répondais distraitement ; ses questions étaient si simples qu'elles ne me demandaient aucune réflexion pour y répondre et ainsi je pouvais l'examiner à mon aise pendant que nous parlions.

« Je vais vous mener vers Nicolas. » « Bon, c'est ça », a-t-il dit. Et sans hâte, il a marché à côté de moi. Dans les bois où nous sommes descendus, la bise soufflait plus fort. Nous ne disions rien et le seul bruit de nos pas défonçait le silence du matin. De temps en temps, il me regardait et il réfléchissait, la tête baissée. De profil, il était si beau que ses traits semblaient s'arracher de vous dans la douleur. J'ai vu qu'il était encore très jeune. Penché ainsi sa figure se crispait et se détendait successivement.

« Vous êtes Francine Veyrenattes ? Je suis venu pour habiter près de Nicolas et de vous. Je cherche une pension par ici. » Je lui ai demandé pourquoi. « J'ai rencontré votre frère à Périgueux. Nous avons bavardé un moment. Il m'a parlé de lui, de la sœur qu'il avait. C'était l'année dernière, depuis j'ai fait un voyage, je n'ai pas pu venir tout de suite. Mais maintenant, je ne partirai plus d'ici longtemps. » Il était évident qu'il ne me disait pas la vérité. Nicolas m'aurait sûrement parlé de cette rencontre. S'il me l'avait cachée c'était pour des raisons qu'il me jugeait incapable de comprendre. En quelques secondes, j'ai pensé qu'il était venu se cacher, à un crime, à cent choses. Mais aucune supposition ne s'accordait avec l'allure si étrange de ce jeune homme. Je l'ai prévenu que nous allions déboucher sur le champ où travaillait Nicolas. Avant, il fallait qu'il me dise pourquoi il était là plutôt qu'ailleurs. « J'avais envie de vous connaître. » Nous nous sommes arrêtés l'un en face de l'autre à un pas. Le silence de la forêt sifflait dans nos oreilles. Je l'ai averti : c'était une drôle d'idée, ici ce serait toujours comme s'il n'y avait personne auprès de lui. Il m'a répondu que non, que c'était faux et

74

que d'ailleurs, même si c'était vrai, il avait envie de rester auprès de nous. « Il y a le dimanche après-midi pendant lequel il n'y a rien à faire. Il y a chaque soir et c'est long, l'hiver, et pas de café alentour, pas de voisins. » Il souriait. Ce que je lui disais paraissait l'amuser. « Et vous autres ? m'a-t-il dit. Et vous ? » Nous, nous avions l'habitude. Pour nous, la question de l'ennui ne se posait pas, même le dimanche. Quant à moi, c'était différent. Je n'avais pas choisi de rester là, je n'avais pas choisi d'en partir non plus. Il m'a dit : « Comment ça ? » Je ne pouvais pas bien lui expliquer, je n'avais jamais encore pensé que j'aurais pu ne pas vivre aux Bugues. C'est pourquoi je ne m'y ennuyais pas.

Au carrefour de la route de Ziès, je lui ai indiqué le champ où travaillait Nicolas. Le soir même, il s'est entendu avec maman pour un prix de pension. Il est reparti chercher ses affaires à Périgueux et il est revenu le lendemain. Il y a de cela huit mois. J'ai demandé à Nicolas comment il se faisait qu'il ne m'ait jamais parlé de Tiène. Il ne l'avait pas oublié mais n'avait pas voulu me dire que nous allions recevoir son ami avant d'avoir la certitude qu'il viendrait, parce qu'il craignait que je sois déçue.

De temps en temps, je monte chez Tiène. J'oublie durant des semaines pourquoi il est venu vivre aux Bugues, puis l'impatience me reprend. Je voudrais en savoir davantage sur lui, tout savoir. Je ne peux pas m'en empêcher. Savoir pourquoi il est ici. Il est venu passer quelques mois avec nous, mais il aurait pu les passer ailleurs. Il ne me répond jamais d'une façon convaincante, il répète que rien d'autre ne l'a poussé à venir ici sauf ce que Nicolas lui a raconté des Bugues, de moi. Simplement ce qu'il lui a raconté et non pas un événement de sa vie heureux ou malheureux, ni même l'ennui. Je sais pourtant qu'il existe une raison autre que moi qui l'a poussé à venir aux Bugues mener une existence difficile. Un soir, je le lui ai dit : « Si vous partiez sans me le dire, je pourrais en mourir. » Et je le crois quelquefois. Il a ri et d'un seul coup il est devenu comme un enfant contre lequel on ne peut rien. Il a prétendu qu'il en faudrait bien davantage pour me faire mourir. Je lui ai demandé s'il me trouvait belle. S'il m'avait trouvée belle, j'aurais pu croire qu'il restait parce que j'étais une fille désirable. Mais à cela non plus il ne m'a pas répondu. Il ne pourrait pas me dire que je suis belle évidemment, mais me dire que je lui plais. Si j'avais cette petite certitude, il me semble que je pourrais mieux connaître Tiène, l'inventer à partir de mon visage. Mais il ne me l'a jamais dit, ni qu'il m'aime non plus. Il me prend dans ses bras et nous restons enlacés sur son lit. A ce moment-là je ne demande plus rien. Nous ne pouvons plus parler. L'ignorance entre nous se transforme lentement. Nous l'écoutons se défaire et se changer en une entente qui nous cloue sur place. Je sens bien qu'il a raison de me faire taire. Je ne sais plus pourquoi je l'ai questionné.

Quelques jours après l'enterrement de Jérôme, j'ai pu monter chez lui après le dîner. Il m'a demandé ce que j'avais fait de toute la journée. Je n'avais rien fait de particulier, je m'étais occupée de Noël. Lui aussi désirait toujours en savoir davantage sur mon compte. Il m'a tout de suite questionnée : « Jérôme est mort, c'est vous qui avez dit à Nicolas qu'il était l'amant de Clémence? » Oui. Il le savait, mais voulait sans doute me l'entendre dire. N'avais-je pas prévu que Nicolas le tuerait? Non, tout en espérant beaucoup de cette bataille, je ne l'avais pas prévu Mais que Jérôme ensuite disparaîtrait? J'y avais pensé, mais de quelle façon, je l'ignorais, je n'y avais pas réfléchi.

« Depuis vingt ans qu'il vivait ici, vous pouviez penser qu'il partirait de lui-même? Il ne possédait rien et personne d'autre que vous ne l'aurait reçu. Et lui-même, vous le savez bien, ne s'y serait jamais décidé. » Oui, sans doute, mais je n'y avais pas songé. Et que Jérôme eût pu tuer

Nicolas ? Non, je savais bien que non, lorsqu'il arrivait à Jérôme de .ravailler avec nous, j'avais bien mesuré leurs forces à tous les deux.

Est-ce que j'aurais encore pu les empêcher de se battre, le matin même ? Est-ce que je n'aurais pas pu les séparer sur la voie du chemin de fer ? Et pourquoi y étais-je allée ? Sinon pour essayer d'arranger les choses ?

Il me surprenait par ses questions, je lui ai dit que je n'avais pas pensé qu'il me les poserait un jour. J'ai voulu rentrer chez moi. Il m'a retenue comme jamais il ne l'avait fait encore en s'agrippant à mes épaules et en me forçant à m'asseoir. Il avait perdu son calme habituel. Son visage exprimait une curiosité intense et un peu de colère. Je me suis sentie heureuse tout à coup. C'était la première fois que les mains de Tiène me touchaient avec cette liberté et cette force. Je ne pouvais réfléchir à ce qu'il venait de me dire, je ne pensais qu'à ces mains-là.

Mais il a continué : il me fallait lui parler sincèrement et non pas lui fournir une explication de mes actes susceptibles de lui convenir, car, ajoutait-il, il ne souhaitait aucune explication particulière à la mort de Jérôme. Je lui ai bien répondu que la vérité était difficile à dégager dans cette affaire. Mais, peut-être, s'il m'aidait et m'en proposait une version qu'il estimait probable, j'aurais un terme de comparaison ; je pourrais mieux voir en moi-même ; tous mes mensonges, même involontaires, tomberaient d'eux-mêmes ; il me serait bien plus facile alors de trouver pourquoi j'avais livré Jérôme à Nicolas.

« Vous saviez qu'ils allaient se battre puisque vous avez encouragé Nicolas à provoquer Jérôme. Vous saviez très bien pourquoi vous l'avez voulu au moment où vous avez dénoncé Jérôme et Clémence. Je voudrais savoir si cette intention est restée claire en vous tout le temps qui a suivi le moment où vous avez décidé de jeter Nicolas et Jérôme l'un contre l'autre. »

A ce moment-là, comme lorsque je lui avais porté Noël dans la nuit du départ de Clémence, j'ai cru que Tiène m'aimait. Je ne pouvais m'expliquer autrement la curiosité qu'il avait de moi. Je me suis dit que son indifférence n'était peut-être qu'une feinte, que s'il me posait ces questions, c'est qu'il avait essayé vainement d'y répondre lui-même depuis la bataille. Il pensait à moi, il s'intéressait à moi. Peut-être n'était-ce que moi qui le retenait aux Bugues. J'aurais voulu qu'il parle, qu'il me parle toute la nuit de moi sans me forcer à lui répondre.

J'ai répondu que je ne savais pas. Je n'avais eu aucune intention précise sauf celle de voir Nicolas en avoir assez. C'était tout.

Il a presque crié : c'était inadmissible et il fallait me forcer à réfléchir.

Je ne voyais pas ce qu'il voulait de moi. Je n'arrivais pas à penser à ce que je lui répondrai. Cependant, je n'avais plus peur de lui déplaire. Ce n'était pas possible, je ne pouvais pas lui déplaire, mais au contraire lui plaire toujours davantage. J'ai eu le sentiment qu'il ne me questionnait que pour savoir à quel point précisément je pourrais lui plaire. Et cela, en même temps, le rendait furieux contre lui-même.

« Évidemment, vous, vous ne haïssiez pas Jérôme ? » Non, je ne pouvais pas le prendre au sérieux, je ne pouvais le haïr. Moi, par exemple, je n'aurais pas pu le tuer. Et cela bien qu'il nous eût fait beaucoup de tort et de mal. Si nous étions terrés depuis vingt ans, c'était à cause de lui ; si nous vivions dans la gêne, c'était à cause de lui. Mais je lui ai avoué que ces raisons mêmes ne me semblaient pas décisives. Aucune existence ne me semblait enviable et celle-ci que nous menions me convenait sans doute autant que bien d'autres. Moi, je n'aurais donc jamais tué Jérôme. Mais, par contre, je savais que Nicolas, lui, pouvait le faire. Donc je n'avais pas fait faire par mon frère ce que j'aurais pu faire moi-même ? Non, cela non, je l'affirmais. « Et vous pensiez que Nicolas devait en arriver là ? » Bien sûr, Tiène le savait, Nicolas n'aurait jamais pu vivre sans que Jérôme disparaisse et que ce soit son œuvre à lui. Il en était aussi persuadé que moi, Jérôme et Clémence devaient disparaître de la vie de Nicolas.

Est-ce que je savais que Luce Barragues et Nicolas... ? Oui, je le savais, je me doutais bien que tôt ou tard Luce reviendrait aux Bugues après le départ de Clémence. Luce Barragues renfermait exactement la vie de Nicolas. Quand je le lui ai dit, Tiène s'est distrait comme si tout à coup il se lassait. Son ton s'est fait plus calme. « Y a-t-il quelqu'un dans votre vie qui pourrait se comparer à Luce ? » Ce n'était pas la peine de lui mentir, il l'aurait deviné, il devinait toutes mes réponses à l'avance mieux que moi-même. J'ai regardé ses mains qui étaient à la hauteur de mon visage, il m'a semblé qu'elles me tenaient tout entière, à ce moment-là, entre leurs doigts serrés. Je lui ai dit la vérité, que quelquefois je le croyais de lui, Tiène, mais que lui-même ne le croyait pas tout à fait ; que si j'en avais quelquefois l'impression comme en ce moment, je m'apercevais vite que ce n'était pas vrai.

Tiène s'est tu un instant. Il n'a pas insisté. Ensuite il a continué à me poser des questions.

Avais-je fait cela pour le seul amour de Nicolas, l'aimais-je assez pour cela ?

Certes, je l'aimais comme il était. J'étais la seule personne capable de lui faire du bien. Lui l'ignorait et l'ignorerait toujours. Il se croyait redoutable et sauvage, mais je savais qu'il n'aurait jamais eu le courage de tuer Jérôme si je ne l'avais pas assuré qu'il en avait le devoir. Précisément, j'en étais assez persuadée pour lui laisser cette illusion. Tiène ne savait pas à quel point j'aimais Nicolas.

« Nicolas va bientôt avoir des remords, les remords existent, m'a dit Tiène, et personne ne peut y échapper. Même les gens forts, les gens comme vous. » Je me suis aperçue que Tiène souriait. Il se moquait.

Je lui ai répondu que je m'étonnais de le voir si peu perspicace. Le remords me semblait une vanité facile à combattre, une espèce d'importance que l'on se portait encore. On pouvait s'empêcher d'en avoir, je n'aurais pas de remords, j'en étais sûre. Quant à Nicolas, j'y veillerai. Je ne lui avouerai jamais quel avait été mon rôle dans cette affaire. Il avait trop besoin de l'impression d'une grande responsabilité. C'était seulement en s'attribuant une autorité de ce genre, incontestable, qu'il pourrait être heureux tout à fait avec Luce Barragues. Je ne pensais pas que cela durerait avec elle au delà de l'automne. Sauf peut-être si elle attendait un enfant de Nicolas. Dans ce cas, la solution se trouverait d'elle-même. Dans le cas contraire, ce serait mieux pour Nicolas qui pourrait alors quitter enfin les Bugues.

Tiène a ri, il m'a dit que j'étais une petite fille ;

il m'a prise contre lui sur son lit et a commencé à me caresser les cheveux.

« Il faut chercher plus loin que l'intérêt de Nicolas pour comprendre. » Sans doute. Peut-être était-ce simplement une envie de changer d'existence qui m'avait poussée à dénoncer Jérôme. Mais je ne pouvais pas avoir de certitude.

« Quand cette idée vous est-elle venue ? » Je lui ai raconté : c'était il y avait environ un mois, une nuit. Je ne pouvais pas dormir et j'entendais Jérôme et Clémence dans la chambre à côté de la mienne. Tout à coup, j'ai été dégoûtée, j'ai trouvé qu'on les avait trop supportés.

Tiène a souri : « Ils vous empêchaient donc de dormir ? » Je lui ai avoué que certaines nuits j'attendais qu'il vienne me retrouver dans ma chambre et que je ne pouvais pas m'endormir. J'écoutais les moindres bruits de la maison, c'est pourquoi j'arrivais à entendre Jérôme et Clémence qui en faisaient pourtant le moins possible. Je savais qu'ils couchaient ensemble depuis plusieurs mois, mais c'était seulement en attendant Tiène pendant de longues heures, la nuit, que j'avais été forcée d'y penser et que j'avais trouvé cette situation insupportable.

Tiène m'a dit que la question du mensonge ne se posait pas pour moi, que je représentais une certaine vérité, que celle-ci pouvait paraître feinte, mais que lui savait qu'elle était pure et cohérente. Il a parlé d'un ton rêveur. Je n'ai pas très bien saisi ce qu'il a voulu dire. Il a ajouté que je n'étais pas menteuse, que si je disais des choses inexactes, c'était que j'étais encore en train de chercher la vérité.

Peut-être avait-il raison, mais cela m'était parfaitement égal tout à coup. Je n'avais jamais supposé qu'il pouvait se tromper. Peut-être avait-il eu raison aussi de ne pas descendre chez moi pendant plusieurs mois. Je venais d'oublier pendant un long moment que ce soir encore, c'était moi qui étais venue le retrouver. Il avait beau en savoir sur mon compte, en ce moment, il ignorait ce que je pensais. Après l'avoir attendu pendant des nuits et des nuits, je m'étais décidée à venir le trouver. Tout ce qu'il venait de découvrir sur moi et qui le faisait sourire du plaisir d'avoir réussi à le connaître, m'intéressait moins, moi, que de constater que j'avais réussi à être auprès de lui une partie de la nuit. En ce moment, il me caressait doucement la figure, je sentais la paume chaude de ses mains sur mes joues et sur mon front. Lui ne savait pas que ce n'était possible que parce que je l'avais voulu. Il devait penser en ce moment qu'il n'était pas complètement étranger à la mort de Jérôme et s'étonner de me voir si habile à ne pas me l'avouer. Moi aussi je venais de découvrir que je n'avais été dégoûtée de Jérôme et de Clémence que parce que moi j'étais seule

84

pendant qu'ils étaient ensemble. Mais je me disais que j'y penserai plus tard. Pour le moment, c'était une chose insignifiante à côté de la vraie main de Tiène qui courait distraitement sur mon visage.

Nous avons encore bavardé un moment. Il m'a demandé si je n'avais pas trouvé que Jérôme avait été long à mourir. Non, je n'avais pas trouvé. Au contraire, son agonie avait juste duré assez pour que nous ayons le temps de nous habituer à l'idée que c'était fait, et fait par Nicolas. Il était bien de mon avis.

Il voulait savoir si j'étais fatiguée, si je ne voulais pas dormir à côté de lui dans son lit. Il m'a paru que c'était lui qui était fatigué. Il m'a serrée contre lui. Il était tout à fait calme. Sa main s'est arrêtée dans mes cheveux et nous sommes restés immobiles. Il m'a demandé d'oublier toutes ses questions. Pourquoi m'avait-il questionnée? « J'ai besoin de tout savoir de toi. Il le fallait. Maintenant c'est très bien. » Nous sommes restés encore un long moment sans rien dire l'un contre l'autre, les yeux fermés, à savoir que nous étions ensemble. Puis, Tiène a cherché ma bouche, il m'a couchée contre lui, ses jambes ont enlacé les miennes et les ont enfermées.

Septembre est venu, les jours se faisaient et se défaisaient longs, courts. J'étais très fatiguée : tout le travail, celui de Clémence et le mien, Noël dont il fallait s'occuper. Les jours de septembre sont venus qui s'arrondissaient bien aux angles noirs du soir. Quand l'ombre venait, plus rien à faire aux champs et on rentrait... Toujours plus tôt, et l'on savait que ce serait toujours plus tôt jusqu'à la Noël. Trois mois...

Tiène était là, à mes côtés, aux champs ; à mes côtés, à table. Nicolas ne s'apercevait pas que ce n'était plus l'été. Septembre jaunissant est arrivé avec son odeur de feu éteint. Il le traversait en grandes cavalcades, sur Mâ, près de Luce. Nicolas travaillait très peu avec nous. Parfois aux champs on les voyait passer par les chemins sur leurs chevaux. Il a fait encore très chaud. Elle était en robe de soie, lui avait les bras nus, la poitrine découverte. Ils bavardaient, ils riaient et ils fouettaient leurs chevaux. On les apercevait aussi sur les flancs des collines, sur les routes, sur les berges de la Rissole. La nuit, ils garaient leurs chevaux et ils dormaient ensemble dans la forêt. Quelquefois, Nicolas la rentrait aux Bugues dans sa chambre. Rarement.

Il s'est passé ainsi trois semaines. Puis Nicolas s'est remis à travailler. Il a fait encore chaud. Les hommes sont restés dans la cour à réparer les outils, à couper le bois. Ils ont réparé les pans de mur qui étaient en mauvais état, ils ont remis des dalles dans la salle à manger.

Nicolas avait beaucoup de projets. Avec l'aide de Tiène, ils ont nettoyé une des pièces des dépendances, ils l'ont bien cimentée et blanchie. Nicolas voulait en faire une laiterie. D'après ce qu'il disait, cela nous rapporterait de l'argent. Il nous fallait de l'argent et on pouvait en avoir. On en aurait. Avec les prés que nous avions, nous pouvions avoir plus de vaches, faire du beurre, le vendre à Périgueux, acheter une carriole, engraisser des veaux. Je crois que Tiène lui a prêté une forte somme d'argent. Nicolas est allé à Périgueux acheter une écrémeuse et une baratte. Au retour, il m'a dit que je m'en occuperai tout de suite pour apprendre, afin de savoir plus tard commander les domestiques lorsque nous en aurions, ce qui ne saurait tarder. Il lui fallait de l'argent, disait-il. J'ai pensé qu'il comptait se remarier avec Luce

Barragues. Je n'ai rien dit à Nicolas, je n'ai rien à lui opposer. Mais je devinais que cette idée n'était venue qu'à lui. Elle, n'y pensait sûrement pas. J'ai fait le beurre durant quelques semaines, toute seule dans la laiterie. Chaque mardi on venait nous le prendre de Périgueux et en effet, avec nos deux vaches, cela faisait pas mal d'argent chaque fois.

Tiène travaillait avec Nicolas, il écoutait ses projets avec un certain intérêt ; il lui avait prêté de l'argent sans se soucier de savoir s'il serait un jour remboursé. Il se levait plus tard que d'habitude. Dans sa chambre, je trouvais beaucoup de livres épars et ouverts sur son lit parmi lesquels il s'était endormi. Pendant toute cette période-là, il a dû s'ennuyer aux Bugues, mais il ne parlait pas encore d'en partir.

Il est allé plusieurs fois à Périgueux. Il n'emportait rien de ses affaires et il revenait le lendemain régulièrement.

Lorsqu'ils ont cessé de se promener tout le jour, Luce Barragues est venue chaque soir dîner à la maison. Nicolas repartait avec elle, il ne rentrait plus coucher aux Bugues. Il revenait le matin et se mettait à travailler toute la journée avec acharnement. Elle arrivait vers sept heures sur son cheval. Elle portait des robes toujours nouvelles. Ses cheveux étaient dénoués sur ses épaules.

Elle me paraissait belle, toujours plus belle. Chaque soir était une fête grâce à sa visite.

Dès qu'elle arrivait, Nicolas allait la chercher et l'aidait à descendre de cheval. Il ne la quittait plus d'un pas. Il la suivait jusque dans la cuisine lorsqu'elle m'aidait à préparer le dîner. Une fois je les ai surpris dans le vestibule. Nicolas, accroupi, lui mordait les jambes. Elle a soulevé sa robe de soie brusquement et Nicolas lui a embrassé les cuisses, les a caressées de son visage et de ses cheveux. Elle était appuyée au mur, les yeux fermés, le corps raidi. Sa figure était grave et tirée.

Nous avions beau faire de très bons plats en l'honneur de Luce Barragues, Nicolas ne s'apercevait même pas que la cuisine avait changé. Il faisait toujours parler Luce et il l'écoutait dans la même espèce de délire d'attention que les premiers jours. Elle parlait avec aisance, je trouvais tout ce qu'elle disait, passionnant. Elle racontait sa vie avec ses petits frères et son père. A chaque occasion, elle disait combien elle aimait son père. Pendant toute sa jeunesse elle était restée pensionnaire à Périgueux. Cela lui avait été très dur. Deux fois elle avait réussi à s'échapper. Finalement on avait été obligé de la renvoyer. La mort de sa mère, elle la racontait aussi, du même ton tranquille. De temps en temps, elle s'apercevait que Nicolas la regardait et elle lui caressait le bras doucement. Il lui prenait alors la main ; il ne devait pas toujours mesurer la force qu'il mettait dans ce geste. Luce à ce moment-là faisait une grimace irritée et parfois aussi elle riait. Chaque soir, nous l'amenions à parler d'elle, à nous raconter les mêmes choses ; elle y revenait sans cesse. Nous n'en finissions pas de nous y intéresser. A part Nicolas, on s'ennuyait aux Bugues à ce moment-là.

Il m'a semblé que Tiène ne prenait pas autant d'intérêt que nous aux récits de Luce. Parfois cela m'agaçait un peu. Je disais : « Tiène ? Tiène ne t'écoute pas, Luce. » Je ne sais pas pourquoi je désirais mettre Tiène dans son tort. Luce se taisait tout net. Tiène souriait avec gentillesse et il s'excusait. Mais Luce ne riait plus aussi naturellement.

*

Bientôt, peut-être au bout de trois semaines, je me suis aperçue que tout en feignant de ne pas s'intéresser à Tiène, Luce ne parlait volontiers que lorsqu'il était là. Puis, j'ai remarqué qu'elle partait à regret avec Nicolas le soir. Elle attendait toujours la dernière minute pour se décider à rentrer. Nos parents allaient se coucher, moi-même je montais dans ma chambre. Tiène, Nicolas et Luce restaient très tard dans l'atelier.

Ce n'était que lorsque Tiène montait chez lui que j'entendais les autres traverser la cour. Nicolas avait l'air de ne s'apercevoir de rien, ni qu'elle évitait de regarder Tiène à table, ni qu'il la fatiguait par son attention égale, pesante. Il est vrai que son ennui au début était à peine visible. Moi-même, j'ai cru que je l'inventais. Mais une fois, Tiène est allé passer quelques jours à Périgueux. Luce est venue comme d'habitude. Lorsque, à l'heure du dîner, elle ne l'a pas vu rentrer, elle n'a pas pu dissimuler sa nervosité. Mais elle l'a cru en retard. Quand elle a remarqué que je ne mettais pas son couvert à table, elle a dû avoir peur. Pas du regret, mais une vraie peur qu'il soit parti tout à fait avant qu'elle ait même pu savoir si elle lui plaisait. Habilement, elle a amené la conversation sur Tiène. Elle m'a demandé comment il se faisait qu'il ait pris pension chez nous, pourquoi il était là, ce qu'il faisait et où, d'habitude, il habitait. Je lui ai dit la vérité, que je n'en savais pas plus qu'elle et qu'il partirait sans doute comme il était venu, sans raison. Que c'était un ami de Nicolas, qu'il avait sûrement commencé par se plaire aux Bugues mais que je m'étais aperçue que depuis quelque temps il s'y ennuyait. J'ai pu sans le vouloir vraiment entretenir le souci de Luce jusqu'à l'amener à l'angoisse. Je désirais savoir si elle s'était avoué qu'elle aimait Tiène et aussi à quel point elle me tenait pour négligeable pour m'en parler de la sorte, sans précaution. Puis, j'ai dit je ne sais plus à quel propos que Tiène revenait le surlendemain. Luce est redevenue très gaie. Je crois que jusqu'à ce soir-là elle-même ne savait pas très clairement ce qu'elle attendait de Tiène. Elle ne s'est pas aperçue que je l'avais deviné dès avant elle.

C'est à l'occasion d'une sortie organisée par Nicolas au commencement de septembre que tout s'est dévoilé.

« On ira se baigner à deux kilomètres de là », avait décidé Nicolas. J'emmènerais Noël, papa et maman viendraient eux aussi. On goûterait après le bain.

Une pareille sortie, pour nous, était rare. Nous y avons pensé plusieurs jours à l'avance.

Aidée de Luce, j'ai préparé le goûter dès la veille. Je me souviens très bien de cet après-midi. Les hommes travaillaient dans la cour à couper du bois. Le bruit des haches nous arrivait dans la cuisine régulier et monotone. On aurait pu croire qu'on était heureux, qu'une paix s'installait peu à peu dans la maison. Ce n'était plus la paix inquiétante qui avait suivi la mort de Jérôme ; celle-ci nous laissait l'esprit libre et nous permettait de travailler avec un plaisir si léger que c'était à peine si on pouvait le ressentir.

Mais Luce, elle, ne pouvait pas s'empêcher de

paraître trop gaie. Elle pensait au goûter du lendemain, elle n'oubliait pas que Tiène était dans la cour et qu'il pouvait venir à tout moment nous demander à boire. Parfois elle me prenait par la taille pour jouer, mais cela me gênait un peu. J'étais sûre qu'elle le faisait pour voir si mon corps était beau, si j'étais aussi mince et aussi ferme qu'elle. Elle m'a dit : « Tu es grande, Françou, presque autant que Tiène, mais tu as travaillé trop dur aux champs, tu es forte comme un homme. »

Je me laissais faire, je l'aimais bien. Parce qu'elle était l'orgueil, l'orgueil parfait. Celui dont je savais bien que je serai incapable toujours.

Je crois qu'elle tenait encore à Nicolas à ce moment-là. Mais elle ne pouvait supporter l'indifférence de quiconque l'approchait. Certainement, elle doutait de l'amour de Tiène pour moi. Je comprenais bien qu'elle devait penser que personne, à part mon frère, ne m'aimerait jamais. Et cela me rapprochait assez bizarrement d'elle. Car tout en lui en voulant un peu de le croire, je ne pouvais pas me nier que je le croyais aussi. Du jour où elle a cru la chose possible, elle a commencé à m'épier. Elle a dû me soupçonner d'avoir une certaine importance, je ne sais de quelle espèce, que je dissimulais aux yeux de tous sauf devant Tiène.

Nous ne savions pas trop comment nous amuser, Nicolas et moi ; nous nous étions toujours baignés tout seuls et nous nous sentions gênés. Mais Luce a eu vite fait d'entraîner mon frère et Tiène. Ils sont partis à la nage tous les trois pendant que je m'occupais d'installer Noël sur une couverture auprès des parents. Lorsque je ne les ai plus vus, je suis rentrée dans l'eau à mon tour. Je pensais remonter la Rissole jusqu'au moment où je les retrouverais.

Mais une fois que j'ai été dans l'eau, j'ai préféré descendre la rivière plutôt que d'aller les rejoindre. Je ne savais pas très bien nager et je trouvais qu'il était plus facile de descendre le courant que de le remonter.

L'eau était fraîche. Je me suis sentie bientôt aussi fraîche, aussi vive qu'elle. Je me suis mise à nager avec une aisance inconnue. Sans le savoir j'avais sans doute attendu depuis longtemps de descendre ainsi le cours de la Rissole par une belle après-midi.

Tiène n'était pas là, il était de l'autre côté, mais c'était comme si je nageais vers lui. Pourtant, je savais qu'il ne pouvait se trouver dans cette direction. J'allais l'apercevoir sur la berge ; il me dirait : « Comme tu es belle lorsque tu nages. »

Au bout d'un moment, je ne sais si j'ai rêvé, j'étais comme endormie par ma nage régulière; je n'osais plus regarder au-dessus de l'eau comme si de vouloir le surprendre en train de me regarder allait le chasser à coup sûr. Le courant était assez rapide et il me dépassait. Je n'avais aucune peine à nager. Le soleil était haut et la surface de la rivière éclatait en miroirs jaunes et bleus à fleur de mes yeux. Sans vouloir les regarder, je voyais à travers les osiers de la berge la silhouette immobile des vaches qui paissaient lentement dans la vallée. J'ai dépassé deux petits enfants qui pêchaient. C'était moi sans doute qui tiédissait l'eau; elle devenait de plus en plus molle à enfoncer, de plus en plus familière.

A la fin, j'ai commencé à respirer mal et j'ai eu envie de cesser de nager. Je suis sortie de l'eau. Je n'ai plus attendu Tiène. J'ai bien vu que j'étais seule. Ils étaient derrière un petit bois qui les masquait. Je ne voyais même plus papa et maman.

Je me suis couchée dans l'herbe au soleil. J'étais fatiguée. J'avais presque oublié la petite fête de Nicolas. J'avais bien le temps d'y penser. L'après-midi était longue après tout, et ils pouvaient commencer à goûter sans moi. Je m'étais levée à cinq heures du matin pour faire le beurre afin de pouvoir venir avec eux. Je sentais que je m'endormais peu à peu. Ma fatigue était bien à moi, à moi seule, je ne pouvais la partager avec personne, je ne désirais personne à côté de moi. Je l'avais ramenée tout contre mon corps en nageant et maintenant elle m'enveloppait aussi sûre, aussi confondue avec moi qu'un sommeil. Elle n'était pas trompeuse, elle, et ressemblait au soleil qui était au-dessus de ma tête, plein et rond. Je n'avais plus envie de bouger du tout et cependant, en même temps, j'ai eu envie de m'en aller ou de ne plus les retrouver jamais. Non pas parce qu'ils m'avaient laissée toute seule ou par ennui, mais j'aurais voulu avoir la preuve que j'étais capable de le faire, le souvenir que j'avais été capable de le faire. C'est parce que mon corps était tellement lourd de fatigue que ma pensée s'en est allée si librement, si légère.

J'ai pensé à la mer que je ne connaissais pas. Mes yeux étaient fermés, mais je ne dormais pas. Je savais bien que je ne dormais pas encore. Je me suis imaginé la mer, les diverses façons dont on m'avait dit qu'elle ne finissait pas. J'aurais bien aimé à ce moment-là regarder une chose qui, comme ma fatigue, aurait été égale et sans fin. Je me suis endormie.

Nous étions montés Tiène et moi sur deux Mâ noires, qui galopaient dans un vide bleu au-dessus de l'eau. Cela, à vrai dire, ne finissait ni ne commençait. Tout commencement et toute fin se perdaient tout autour de nous. Partout la mer se

vidait, fuyait dans les fentes du ciel. Les Mâ
galopaient hardiment et pour rien. Je disais :
« Enfin, ça y est; on est à la mer. » Le vent
sifflait. Tiène était joyeux. D'ailleurs il n'était pas
là. Il n'était que son rire à mes côtés.

Ils m'ont appelée et je me suis réveillée. Il y
avait à peine quelques minutes que je m'étais
endormie. J'ai vite traversé la rivière et j'ai couru
jusqu'à eux. Ils ne m'ont pas demandé d'où je
venais. C'était ainsi depuis la mort de Jérôme,
chacun feignait d'ignorer mon existence. Nicolas
me parlait à peine et chacun l'imitait. On aurait
dit que je leur rappelais quelque chose de désagréable qu'ils oubliaient dès que je n'étais pas là.
Je crois qu'ils acceptaient volontiers l'idée que
Nicolas ait tué Jérôme puisqu'ils savaient que
c'était moi qui l'y avais poussé. De cette façon,
Nicolas pouvait ne pas avoir de remords, c'était
moi qui aurais dû en avoir. S'ils se sentaient libres
et heureux depuis, il n'en était pas moins vrai que
j'aurais dû en avoir tout de même. Cet après-
midi, je me suis aperçue clairement que je me
trouvais avec eux comme quelqu'un qui a à se
faire pardonner d'oser être là, simplement.

Nous avons étalé une nappe aux pieds de papa
et de maman et nous avons commencé à défaire
les paquets. Tout d'abord nous ne savions trop
quoi nous dire. Depuis la mort de Jérôme, nous ne

97

nous étions trouvés ensemble que forcés, par exemple, aux repas ou aux champs.

Tiène était assis à côté de papa. Tout en fumant, il l'entretenait des travaux entrepris à la maison, du travail. Il lui disait : « Pour les briques, nous pourrions les faire venir de Périgueux par le camionneur des Ziès. » J'ai compris qu'il était gêné parce qu'il parlait hâtivement de choses dont il aurait pu parler à un autre moment. Mais papa et maman étaient si à l'aise, que peu à peu, rien qu'à les regarder, nous nous sommes sentis à l'aise nous aussi. Nous n'avons plus essayé de parler de n'importe quoi pour paraître naturels. Une tranquillité d'esprit s'est installée entre nous tous. Nous avons commencé à goûter.

Luce m'a aidée à déplier les paquets. Lorsque nous avons eu fini, elle s'est relevée brusquement, elle a demandé à Nicolas de s'étendre et s'est étalée la tête sur sa poitrine. Puis elle m'a interpellée d'une voix câline : « Tu veux bien nous donner à manger, Françou ? Nous avons nagé, nagé. Tu veux bien, Françou ? »

Elle portait un maillot blanc et ses jambes en sortaient un peu écartées, longues, lisses, encore humides. Elle paraissait lasse et comme incapable de faire un seul geste. Ses jambes et ses bras nus gisaient autour d'elle, abandonnés. Sa figure dorée brillait, séchée par le soleil, luisante. Elle

avait les yeux clos mais entre ses cils elle regardait
Tiène. Elle s'était mise face à lui pour qu'il soit
forcé de la voir et pour que Nicolas ne puisse pas
s'apercevoir qu'elle le regardait. En posant sa tête
sur la poitrine de Nicolas, elle pouvait être
tranquille, en effet, il ne devinerait rien de son
manège. Nicolas ne regardait qu'elle, il jouait
avec ses cheveux mouillés, il passait doucement la
main sur sa gorge, entre son petit maillot, sur son
ventre nu. Elle voulait que Tiène sache bien
combien Nicolas l'adorait. Elle paraissait plus
qu'heureuse, paralysée par la perspective des
yeux de Tiène sur son corps. Sur son visage qui
souriait, le désir de retenir l'attention de Tiène se
criait. Elle avait abandonné toute pudeur, elle
paraissait avoir oublié que nous étions là. Il n'y
avait que Nicolas pour ne pas s'en apercevoir.
Papa et maman eux-mêmes la regardaient sans
comprendre, un peu surpris.

J'ai coupé les gâteaux et je suis allée en porter à
Luce et à Nicolas. Nicolas m'a dit : « Merci, ma
petite Françou. » C'était la première fois depuis
la mort de Jérôme qu'il m'appelait ainsi. Il m'a
dit aussi que les gâteaux étaient très bons. C'est à
ces quelques paroles que j'ai compris qu'il était
parfaitement heureux puisqu'il lui en coûtait si
peu de revenir à moi aussi aisément devant tout le
monde.

Comme d'habitude lorsque Luce est avec nous, le goûter a été très gai.

Je me souviens que maman a dit tout à coup qu'il ne fallait pas trop manger si nous devions encore nous baigner. Maman est toujours très silencieuse et de temps en temps, pour avoir l'air de s'intéresser à la conversation, elle prononce des phrases semblables sans y penser.

« Nous avons bien le temps de manger et de nous baigner », a dit Luce. Elle a ajouté que Mme Veyrenattes ne croyait pas qu'on pouvait mourir de congestion. J'ai été un peu ennuyée pour maman. On a ri, sans se moquer vraiment d'elle, mais de s'apercevoir que malgré tous les changements qui s'étaient produits aux Bugues ces temps derniers, maman était restée toute pareille, toujours distraite et toujours aussi soucieuse de ne pas le paraître. Papa riait très fort avec des larmes dans les yeux. Apparemment ce qu'avait dit maman n'était pas très risible, mais cela nous avait fait brusquement nous souvenir d'elle. Nous riions de plaisir et de surprise de l'avoir toujours avec nous. Elle était habillée comme le jour de l'enterrement, de la même robe de taffetas noire. Mais elle m'a parue plus jeune que ce soir-là. Elle a été un peu gênée par notre gaieté, puis elle s'est mise à rire, elle aussi, comme si elle était obligée elle-même de reconnaître qu'elle était charmante. Papa aussi paraissait plus jeune que d'habitude. Papa est petit, il a un teint rouge et des yeux bleus. Ses cheveux drus sont blancs et plantés à la façon de ceux de Noël, en tous sens. Ce jour-là il portait un costume blanc.

Quand nous avons eu fini de goûter j'ai fait goûter Noël. Depuis que Clémence était partie, je m'en occupais exclusivement. Nicolas était tellement accaparé par Luce, qu'il ne prêtait plus la moindre attention à son fils. Malgré ses quelques dents, il a été très long à manger son gâteau. Il s'amusait à recracher les bouchées dans ma main, puis il éclatait de rire si fort qu'il en perdait la respiration.

Je me tenais un peu à l'écart des autres. A ma gauche, papa et maman s'étaient remis à causer à voix basse. La ville de R... n'était pas loin de ce côté. Les autres bavardaient à quelques mètres de là ; je leur tournais le dos et je n'entendais pas distinctement leur conversation. Noël m'agaçait à rire, il prenait tout le temps de jouer et moi, je n'avais que ça à faire, l'amuser. Il jouait toujours, il avait toute sa vie pour jouer. J'ai pensé que Clémence reviendrait bientôt et que, peut-être, nous ferions mieux de lui rendre cet enfant. Mais pour le moment, il fallait le faire goûter. Et le temps passait, je ne sais quel temps qu'il m'était insupportable de sentir passer.

— C'est ici Nicolas Veyrenattes ?

Tiène était près de moi. Je ne l'avais pas entendu venir.

J'ai lâché Noël et je me suis allongée aux pieds de Tiène. Je riais en silence et lui aussi, il riait. Il m'a dit aussi :

— Vous aimez couper le tabac ? Et que fait Nicolas Veyrenattes pendant ce temps-là ?

Je lui répondais :

— Il laboure avec son père.

Il m'a prise sous les bras et m'a soulevée. Nous nous sommes trouvés debout l'un près de l'autre. Comme Tiène était beau ! Je l'avais mal vu tout à l'heure. Il était éblouissant. Il me regardait sous ses cheveux et il ne regardait que moi. Son corps était étonnant de beauté. Ses pieds, ses mains, son visage, n'étaient plus ceux que je connaissais depuis qu'il était nu. Ils ne se séparaient plus de son corps blond, agile, qu'on aurait dit lissé par l'eau des rivières, le vent. Il ne réclamait aucun vêtement. Il était habillé de soleil. Je me suis alors demandé s'il était possible d'aimer Tiène. Comment avais-je pu lui trouver un commencement de ressemblance avec moi ? Que faisait Tiène ici, aux Bugues ? Que me voulait-il ? Que faisait-il là à être vivant ? Comment se pouvait-il qu'il soit vivant ? Je l'ai regardé sans le reconnaître tout à coup, sans amour, dans son inabordable solitude.

Mais tout de suite, sans me prévenir, il m'a prise par la main et m'a entraînée. Nous avons couru le long de la rivière, lentement, puis très vite, nous nous sommes éloignés des autres. Au moment où nous les avons quittés, Nicolas et Luce se sont relevés, ils n'ont même pas eu le temps de songer à nous suivre. Nicolas a souri, un peu surpris, Luce a commencé par ne pas comprendre ce qui se passait. Puis elle a crié : « Tiène, que faites-vous ? Venez nous chercher, Tiène ! Tiène... Françou... » Sa voix était aiguë, méchante. Nous étions déjà loin. Je me suis retournée et je l'ai vue, les bras le long du corps, la figure défaite, méconnaissable. Mais Tiène n'a pas voulu revenir. Nous avons plongé dans la rivière et nous avons nagé ensemble côte à côte. Lorsque nous nous sommes arrêtés, nous avions perdu les autres de vue. J'ai dit à Tiène que nous aurions dû les attendre. Luce ferait sûrement une scène à Nicolas et, ce soir, il ne pouvait pas ne pas s'apercevoir de quelque chose. J'ai ajouté qu'il serait sans doute obligé de quitter les Bugues parce que cette situation ne pouvait plus durer. Il ne m'écoutait pas, il souriait toujours, attentif seulement à mes lèvres lorsque je parlais, à mon corps nu près du sien nu. Ce que je disais devenais de plus en plus inintelligible au fur et à mesure que se prolongeait son silence.

Tiène s'est allongé près de moi. Son corps touchait le mien dans toute sa longueur. Il m'a dit : « Tais-toi. »

Il s'est passé un long moment. Les autres devaient être rentrés. Maintenant, Nicolas savait. C'était chose faite, je me sentais tranquille.

Le soleil s'est fait moins chaud et parfois, lorsque je rouvrais les yeux, je voyais s'allonger dans la vallée l'ombre bleue de la colline de Ziès.

Le visage de Tiène était triste, ombré de méplats creux, de paupières violettes à demi fermées. Il ne savait pas que je le regardais. Son torse dur et doré ressemblait à un tronc d'arbre. Jusque dans ses doigts et ses pieds, une force faisait son chemin. A un moment donné, il a pris ma main : « Tu sais sans doute que je partirai bientôt ? » J'ai dit que oui, je le savais. Alors il a rejeté ma main dans la colère.

C'est à ce moment-là que j'ai commencé à vouloir Tiène en pensée, à désirer sentir sa chaleur nue contre la mienne, contre le mien, son visage décomposé de désir. Je sais que, lui aussi, c'est de ce jour-là qu'il s'est retenu de descendre dans ma chambre en sachant cependant que je l'y attendais.

Il n'est venu que trois jours après le goûter de Nicolas.

*

Luce Barragues est revenue dîner à la maison comme d'habitude. Elle essayait d'être aimable et de ne pas nous montrer qu'elle ne venait que pour voir Tiène. Mais je ne sais pas ce qui s'était passé après notre sortie pour que Nicolas lui-même ne puisse plus s'y tromper.

A partir de ce moment-là, il a commencé à parler de Jérôme. Il insistait surtout sur les bons côtés de Jérôme comme s'il avait voulu faire naître autour de lui une indignation de ce qu'il avait fait. Il nous rappelait un Jérôme jeune et sympathique, celui qui était venu à R... en Belgique et nous avait promenés dans la ville quand nous étions petits. Il disait que la vie de Jérôme lui paraissait plus triste que toute autre parce qu'il la connaissait bien. Il a même demandé la clef de la chambre de notre oncle pour fouiller dans ses papiers. Mais malgré tout le mal qu'il se donnait, personne n'a cru vraiment qu'il était tourmenté à cause de ce qu'il avait fait.

Il ne travaillait plus du tout avec nous. Il attendait Luce toute la journée en flânant et lorsqu'elle était là, il s'efforçait de paraître à l'aise, parlait à tort et à travers, saisissant les occasions de prononcer le nom de Jérôme.

Un soir, elle n'est pas venue dîner. Nicolas ne s'est pas mis à table. Il a enfourché Mâ et il est allé chez elle. Le lendemain, elle est revenue.

Mais, les jours suivants, elle a recommencé à se faire attendre, le soir, sans prévenir. Nicolas partait et ne revenait que le matin. Nous, nous savions qu'il était désormais inutile d'essayer de la retenir.

Elle n'est plus venue du tout. Nicolas passait des nuits entières autour de chez elle. Sans doute ne voulait-elle plus le voir. Il ne revenait que le matin et restait allongé toute la journée. Lorsque je lui apportais quelque chose à manger, il n'avait même plus l'air de comprendre ce que je lui voulais. Les derniers jours, il me demandait de lui dire si je pensais qu'elle reviendrait. Je lui disais qu'elle ne reviendrait plus. Il ne le croyait pas. Il ne voulait plus voir Tiène et cependant cet ami devait lui manquer. Il n'était pas sûr que c'était à cause de Tiène que Luce ne l'aimait plus. D'ailleurs peu lui importait, il n'avait plus de honte. Le soir, il se levait, il s'habillait, il enfourchait Mâ et repartait devant nous tous qui n'osions même plus le regarder.

Je ne me souviens pas d'avoir réfléchi à quoi que ce soit pendant cette période-là. Je travaillais toute la journée. Le soir Tiène descendait chez moi.

*

Une nuit, Clémence a frappé à la fenêtre de ma chambre. Je l'ai fait rentrer. Elle avait la même robe et portait la même valise que le soir de son départ. Sa figure était toute blanche, trouée seulement de ses petits yeux marron que les larmes rendaient brillants. Elle venait de faire le trajet des Z7ès aux Bugues à pied dans la nuit. Éblouie par la lumière, elle n'a pas eu l'air de remarquer que Tiène était là.

— Noël, où est Noël ?

Je suis allée le chercher dans la chambre de Tiène où on le couchait depuis le départ de sa mère. J'ai compté qu'il y avait deux mois que Clémence était partie. Je l'ai enroulé endormi dans sa couverture et je le lui ai apporté sur mon lit. En le voyant, elle s'est mise à trembler légèrement, puis elle s'est agenouillée devant lui, sans pleurer, sans rien dire et elle l'a examiné attentivement. J'ai vu que Tiène était un peu pâle et qu'il regardait par la fenêtre. Noël s'est réveillé, il a un peu pleuré. Elle a attendu qu'il se rendorme et elle a défait ses couvertures pour le voir nu, elle a dit : « Il s'est allongé. » Elle a tourné vers nous son visage tordu et tout craquelé d'un sourire. Elle m'a demandé si c'était moi qui m'en occupais et s'il était sage. J'ai dit oui à toutes ses questions. Je me tenais debout derrière elle, à côté de Tiène. Elle m'a remerciée de m'occuper de Noël : « Merci pour tout ce que tu fais pour moi. »

Nous ne lui disions rien et le temps passait. Elle

a continué à contempler son fils silencieuse-
ment pendant un long moment puis, brusquement, elle n'a plus craint de l'éveiller. Elle lui
mordait les pieds et les mains ; aussitôt après, elle
l'embrassait avec précaution. Une fois elle s'est
retournée :

— Je vous dérange. Je vous demande pardon.

Comme nous ne lui répondions, elle a cru sans
doute que nous étions impatients de la voir s'en
aller. Alors, elle a commencé à sangloter. Elle a
sorti Noël de sa couverture et l'a écrasé contre sa
poitrine. On aurait dit qu'elle avait faim de lui et
qu'elle gémissait de rage de ne pouvoir s'en
rassasier. Noël a fait une grimace et a recommencé à pleurnicher. Elle criait qu'elle aurait
voulu mourir avec lui et qu'elle l'emmènerait loin
des autres, de nous. Sa figure était révulsée et
rouge, ses lèvres mouillées de baisers.

— Au fond, si je le voulais je le prendrais. Ce
n'est pas vous autres qui m'en empêcheriez.

Elle nous oubliait, elle collait ses lèvres contre
la joue de Noël et tout doucement, les yeux
fermés, elle lui disait dans l'oreille qu'il était son
petit Noël, son petit garçon, tout ce qu'elle avait
sur la terre. Puis elle s'en prenait à nous, de
nouveau : « Je ne savais pas ce que je faisais, on
n'avait pas le droit de me séparer de lui. J'ai
enduré un martyre à Périgueux, pour rien. A
n'importe qui on aurait pardonné, moi, il ne

fallait pas que je reste, je ne plaisais pas ici et voilà pourquoi on m'a chassée. »

Elle disait qu'on l'avait endurée alors qu'elle était encore servante mais du moment qu'elle se mariait à Nicolas on ne l'avait plus supportée. Depuis toujours elle l'avait compris, ajoutait-elle. Nous étions des gens terribles, personne ne savait à quel point on l'avait fait souffrir, des gens mauvais qui cachions notre jeu...

Elle s'était levée, Noël dans les bras. Elle marchait dans la pièce. Elle avait une voix que je ne lui connaissais pas, assurée et vulgaire. Elle paraissait plus grande et plus large comme si enfin elle occupait sa place d'air. Machinalement, elle berçait Noël. De temps en temps en se cachant contre le mur, elle s'arrêtait tout net et lui parlait à voix basse. Déjà, je savais où elle en viendrait parce que chaque fois qu'elle passait devant moi, elle courbait l'échine et évitait de lever les yeux pour ne pas me voir et garder tout son courage.

Brusquement elle s'est arrêtée, et, sifflante, les épaules rentrées :

— Et tout ça, c'est toi qui l'as fait, toi, toi toute seule.

Puis elle est restée plantée là, faible, gémissante, portant Noël au bout de ses bras. Elle voulait maintenant le lâcher. Je n'ai pas su quoi lui répondre et elle s'est effrayée. Elle a posé Noël sur le lit, elle a pris sa valise et, d'une voix douce :

— J'étais venue pour rester, mais après ce que je t'ai dit, c'est impossible.

Je lui ai dit qu'elle pouvait rester aux Bugues si elle le voulait. Elle s'est jetée sur moi et elle a ri nerveusement. Sa figure était redevenue imbécile.

— C'est maintenant que tu me le dis !

Elle m'a serrée dans ses bras.

— Oh, ce n'est pas vrai, ce n'est pas possible.

Elle pouvait aller se coucher. Il était tard, elle pouvait remonter dans sa chambre avec Noël.

— Oh ! oui, tout de suite, mais donne-moi le temps de m'y faire.

Et Nicolas ? Nicolas lui avait-il pardonné ?

C'est que maintenant elle serait parfaite, en deux mois elle avait eu le temps de bien réfléchir et elle connaissait mieux Nicolas. Je lui ai dit de ne pas attendre Nicolas, qu'il était rarement à la maison. J'ignorais si demain il ne la chasserait pas, mais pour le moment elle n'avait qu'à monter dans sa chambre avec Noël. Pendant quelques jours, il lui faudrait peut-être ne pas se montrer à Nicolas. Il me fallait le temps de lui apprendre qu'elle était revenue. Au cas où Nicolas ne voudrait pas d'elle, elle pourrait emmener Noël à Périgueux.

Elle est devenue tremblante : « Qu'est-ce qui se passe ?

— Rien, sauf que je ne pensais pas que Nicolas veuille la revoir.

Elle n'a pas insisté. Elle est montée avec Noël dans ses bras.

*

Clémence est restée. J'ai parlé d'elle à Nicolas le lendemain matin. Il m'a dit qu'il valait mieux qu'elle reste à cause de Noël. Il ne lui en voulait pas du tout. Il ne lui en avait jamais voulu.

Pendant trois jours, après le retour de Clémence, nous ne l'avons pas vu aux Bugues. Nous pensions qu'il était chez Luce, et personne ne s'est inquiété de ne pas le voir. Luce a dit ensuite à Tiène qu'elle ne l'avait pas aperçu durant ces trois jours.

Ce n'est que le matin du troisième jour que Clémence a trouvé le corps écrasé de Nicolas sur les rails du chemin de fer. Il avait les bras allongés en avant, les pieds écartés. Il ressemblait à un oiseau mort.

Deuxième partie

Il passe chaque soir aux Ziès un train qui va à T..., une plage de l'Atlantique. On a souvent parlé d'y faire un séjour chez les Veyrenattes. Régulièrement, certaines soirées d'hiver, la conversation s'engageait là-dessus. Mais l'argent a toujours manqué — ou une vraie volonté de le faire.

C'était hier après le déjeuner. Nous nous étions accoudés à la terrasse Tiène et moi et je lui ai dit que j'aimerais être allée à T... une fois dans ma vie. Je n'y avais pas pensé précisément, mais Tiène m'a dit qu'il fallait y aller et vite, avant que la saison ne soit terminée, dès le lendemain. Il me donnerait de l'argent.

Je me suis levée tôt. Le train est à huit heures vingt-cinq, il s'arrête une minute aux Ziès. Avec tous ces deuils on ne voit plus clairement ce qu'on veut et ce qu'on ne veut pas. Sans compter les scrupules de laisser Tiène seul avec les parents. Je ne savais pas au juste que je voulais y aller.

Maintenant, je m'entends marcher d'un pas décidé sur la route. Je trouve que c'est une bonne idée de Tiène. Certainement, jamais plus je n'aurais eu l'occasion de faire ce voyage. On ne fait rien aux Bugues depuis la mort de Nicolas Pour la première fois, on trouve que le travail peut attendre encore quelque temps. A part Clément, tout le monde flâne. D'ailleurs il y a peu à faire en septembre. On attend les métayers, ils viendront dans quinze jours. Jusque-là j'ai le temps d'aller à T... La mer. On veut toujours la connaître Tiène la connaît. Nicolas ne l'aura pas vue

Le train s'arrête à toutes les stations, se vide et se remplit régulièrement. Parfois, entre deux gares, il roule un peu plus vite.

Les gens montent et descendent et prennent place sur les banquettes. Ils sont sûrs d'arriver, sûrs de vouloir partir. Je ne peux pas m'empêcher de les regarder.

Aucun ne va à T... Ce sont pour la plupart des paysans qui se rendent d'un village à l'autre. Une femme d'une quarantaine d'années s'est assise près de moi. Elle est tout en noir. Ses mains, usées par les lessives, reposent sur ses genoux. Son regard est distrait. Une petite broche d'ivoire retient autour de son cou une écharpe aux plis voyants. Elle sent la laiterie et l'agneau. Sans doute il y a derrière elle un tas de choses en ordre : la maison propre du samedi, le bois dans le hangar, les petits lavés, habillés, le coin de cimetière ratissé. Devant elle : les moissons, les saisons, fauchées à l'avance, l'ordre.

De chaque côté du train tombent des kilomètres d'arbres, de champs, de demeures. Les gens regardent ces choses qui tombent avec une stupeur tranquille.

La fin de l'été. On en parle dans le compartiment. On dit que c'est le premier vrai dimanche d'automne.

Après une attente de trois heures au changement, j'ai pris l'autre train. Je suis arrivée à T... à la tombée de la nuit. On m'a indiqué une pension de famille honnête, pas chère, qui donne sur la mer.

Il fait frais, la nuit est noire. Des bandes de jeunes gens passent en rafales rieuses dans les rues. J'entends la mer. Je l'ai déjà entendu quelque part, ce bruit, il me rappelle un bruit connu. C'est en cherchant où je l'ai entendu et à quoi il ressemble que je me suis aperçue que j'étais bien arrivée à T... Les pieds devant moi, sous moi, derrière moi, ce sont les miens, les mains à mes côtés qui sortent de l'ombre et y retournent suivant la succession des réverbères, je souris... Comment ne pas sourire ? Je suis en vacances, je suis venue voir la mer. Dans les rues, c'est bien moi, je me sens très nettement enfermée

117

dans mon ombre que je vois s'allonger, basculer, revenir autour de moi. Je me sens de la tendresse et de la reconnaissance pour moi qui viens de me faire aller à la mer. Je ne l'ai pas encore aperçue à cause des maisons, la mer. Demain j'aurai le temps. J'ai faim. Voici la pension que l'on m'a indiquée.

« C'est bien tard pour une jeune fille », me dit la directrice. Elle est seule derrière sa caisse ; grosse, la figure tirée par la fatigue. Elle me demande si c'est pour longtemps que je veux rester à T... Je pense tout à coup aux vieux Veyrenattes qui sont devenus comme des bébés et restent couchés toute la journée. (Mais il faut que je fasse un effort pour m'en souvenir. Comme pour les cris de Jérôme lorsque je suis allée chercher le médecin il y a un mois.) Tiène en aura vite assez de les garder. Quinze jours, je dis quinze jours, pas plus.

La salle est grande. Il y fait une lumière très vive. La plupart des tables sont disposées contre les murs. Au milieu, il y en a deux petites toutes servies qui attendent des clients ou des pensionnaires en retard.

C'est sans doute à l'une d'elles que je vais m'asseoir pour dîner. Voilà. Tout de même j'avais faim. Les deux grandes baies qui sont fermées doivent donner sur la mer. La rumeur qui parcourait la ville tout à l'heure est ici plus

118

précise. Le bar est vide. La porte est fermée. Il doit être tard. On m'a fait rentrer par-derrière tout à l'heure; dans la cuisine, deux bonnes étaient en train de dîner. Celle qui me sert revient vers moi en finissant de mâcher. Quelques pensionnaires jouent aux cartes, les autres bavardent. Ils paraissent très jeunes ceux-là. Les femmes disent à tout propos : « Je vais aller me coucher! » Les hommes protestent gentiment, les prennent par le bras, les forcent à se rasseoir. D'ailleurs, elles y consentent volontiers.

L'air sent le fard et la peau brûlée de soleil. Sur la banquette il y a de beaux bras nus, des seins tendus sous des écharpes rouges, jaunes, blanches. Ils rient. Ils rient de tout. Ils essaient chaque fois de rire davantage de tout. Derrière leurs rires inégaux on entend le bruit bleu et râpeux de la mer.

J'ai fini de dîner. On est bien. Il s'est déjà passé une heure.

Ils s'amusent plus mollement. Ils bâillent, ils s'étirent sur la banquette. Ils sont fatigués, ils ont nagé sans doute, ils ont ri, ils ont couru sur la plage et maintenant ils ont sommeil. Je ne suis pas fatiguée, je n'ai pas sommeil. Ils ne devraient pas monter se coucher encore, ils devraient rester autour de moi pour que je les regarde. Je les trouve très beaux. Ils sont en belle santé. Ils

entrouvrent les lèvres et de leurs bouches sortent
toutes seules des bêtises dorées. Sur tous leurs
visages c'est le même rire. Ils se ressemblent. Ils
sont nombreux et on les distingue mal les uns des
autres. Je suis bien aise d'être là, enfermée avec
eux. Ce n'est pour moi ni l'heure de dormir ni le
moment de bouger. Ils ne devraient pas bouger
non plus. Si un seul se dirige vers la porte, un
seul, le premier, je vais souffrir. Pour le moment,
je suis bien. On est bien. C'est le moment de la fin
d'un jour. S'ils s'en vont, ce sera le commencement de quelque chose d'autre, de je ne sais quoi,
d'une nuit sans doute. On est bien. Mais s'ils s'en
vont, je ne sais pas ce que je vais devenir. J'ai
peur d'attendre encore le prochain jour, peur de
passer toute seule ce cap lugubre qui sépare les
jours les uns des autres.

Mais heureusement, ils ne songent pas encore à
s'en aller. Ils jouent aux cartes, ils continuent à
parler. Je garde l'espoir qu'ils sont en train
d'oublier d'aller se coucher.

A un moment donné, l'un d'entre eux, noir de
cheveux et d'yeux, s'est détaché de leur groupe et
il est venu vers moi ; il m'a dit quelques paroles de
bienvenue. Il m'a offert une cigarette en me
proposant de venir m'asseoir à leur table. Les
autres attendaient ma réponse, un peu impatients
de me voir venir à eux. Je regarde l'homme : il a
l'air aimable et désireux de bavarder. Mais je n'ai

pas pu accepter sa cigarette, j'ai dit combien je regrettais de ne pouvoir m'attarder avec eux, que j'étais fatiguée par le voyage que je venais de faire, très fatiguée ; je venais de loin.

Je suis montée me coucher. C'est ainsi. Je n'ai rien eu à leur donner ni à leur dire. Vraiment, ils n'auraient pas dû m'offrir une cigarette. C'était m'inviter à les amuser et je ne sais pas, ce n'est pas vrai, je ne peux pas. Je ne sais pas pourquoi tout à coup je me serais fait tuer plutôt que de lever la main vers cette cigarette. Pourtant, il était aimable et je lui étais reconnaissante de se soucier de moi.

Là, dans ma chambre, c'est moi. On croirait qu'elle ne sait plus que c'est d'elle qu'il s'agit. Elle se voit dans l'armoire à glace ; c'est une grande fille qui a des cheveux blonds, jaunis par le soleil, une figure brune. Dans la chambre, elle tient une place encombrante. De la très petite valise ouverte, elle tire trois chemises pour avoir l'air naturel devant celle qui la regarde. Tout en évitant de se voir, elle se voit faire dans l'armoire à glace.

La chambre est très petite, la table, nue. Les cloisons sont très frêles. Quelqu'un de fort les ferait valser en se jetant dessus. Sur les murs de papier jaune tombe une grosse pluie verticale de raies noires, parallèles. Le lit est bien fait, recouvert d'une couverture blanche. Devant la table, une chaise. Elle s'assied. Que faire? Dix-sept jours aujourd'hui que Nicolas est mort. C'est vrai. Du temps déjà et ça continue toujours.

*

Je crois que c'est le deuxième soir que c'est arrivé. Je n'y avais pas pris garde la veille. Je n'avais pas remarqué que lorsque la porte de l'armoire à glace était entrebâillée, le lit s'y reflétait tout entier. J'étais couchée lorsque je me suis aperçue couchée dans l'armoire à glace; je me suis regardée. Le visage que je voyais souriait d'une façon à la fois engageante et timide. Dans ses yeux, deux flaques d'ombre dansaient et sa bouche était durement fermée. Je ne me suis pas reconnue. Je me suis levée et j'ai été rabattre la porte de l'armoire à glace. Ensuite, bien que fermée, j'ai eu l'impression que la glace contenait toujours dans son épaisseur je ne sais quel personnage, à la fois fraternel et haineux, qui contestait en silence mon identité. Je n'ai plus su ce qui se rapportait le plus à moi, ce personnage ou bien mon corps couché, là, bien connu. Qui étais-je, qui avais-je pris pour moi jusque-là? Mon nom même ne me rassurait pas. Je n'arrivais pas à me loger dans l'image que je venais de surprendre. Je flottais autour d'elle, très près,

122

mais il existait entre nous comme une impossibilité de nous rassembler. Je me trouvais rattachée à elle par un souvenir ténu, un fil qui pouvait se briser d'une seconde à l'autre et alors j'allais me précipiter dans la folie.

Bien plus, celle du miroir une fois disparue à mes yeux, toute la chambre m'a semblé peuplée d'un cercle sans nombre de compagnes semblables à elle. Je les devinais qui me sollicitaient de tous côtés. Autour de moi c'était une fantasmagorie silencieuse qui s'était déchaînée. Avec une rapidité folle, — je n'osais pas regarder, mais je les devinais — une foule de formes devaient apparaître, s'essayer à moi, disparaître aussitôt, comme anéanties de ne pas m'aller. Il fallait que j'arrive à me saisir d'une, pas n'importe laquelle, une seule, de celle dont j'avais l'habitude à ce point que c'était ses bras qui m'avaient jusque-là servi à manger, ses jambes, à marcher, le bas de sa face, à sourire. Mais celle-ci aussi était mêlée aux autres. Elle disparaissait, réapparaissait, se jouait de moi. Moi cependant, j'existais toujours quelque part. Mais il m'était impossible de faire l'effort nécessaire pour me retrouver. J'avais beau me remémorer les derniers événements des Bugues, c'était une autre qui les avait vécus, une qui m'avait remplacée toujours, en attendant ce soir. Et sous peine de devenir folle il fallait que je la retrouve, elle, qui les avait vécus, ma sœur, et que je m'enlace à elle. Les Bugues se déformaient dans des sursauts d'images successives, froides, étrangères. Je ne les reconnaissais plus. Je ne m'en souvenais plus. Moi, ce soir-là, réduite à moi seule, j'avais d'autres souvenirs. Et pourtant ceux-là même, tassés dans le noir, ne faisaient qu'essayer de ramper jusqu'à ma mémoire, de se faire voir, de venir respirer un coup. Des souvenirs d'avant moi, d'avant mes souvenirs.

Je vois que c'est par hasard que je me suis aperçue dans la glace, sans le vouloir. Je ne suis pas allée au-devant de l'image que je connaissais de moi. J'avais perdu le souvenir de mon visage. Je l'ai vu là pour la première fois. J'ai su en même temps que j'existais.

J'existe depuis vingt-cinq années. J'ai été toute petite, puis j'ai grandi et j'ai atteint ma taille, celle-ci que j'ai maintenant et que j'ai pour toujours. J'aurais pu mourir d'une des mille façons dont on meurt et pourtant j'ai réussi à parcourir vingt-cinq années de vie, je suis encore vivante, pas encore morte. Je respire. De mes narines, sort une haleine vraie, moite et tiède. J'ai réussi sans le vouloir à ne mourir de rien. Cela avance avec entêtement, ce qui semble arrêté, en ce moment, ma vie. J'entends les battements de mon cœur et les paumes de mes mains se sentent l'une l'autre m'appartenir : à moi, à ceci qui supporte ma découverte de ce moment. En ce moment même où je dévale avec les armées des choses — hommes, femmes, bêtes, blés, mois...

Ma vie : un fruit dont j'aurai mangé une partie sans le goûter, sans m'en apercevoir, distraitement. Je ne suis pas responsable de cet âge ni de cette image. On la reconnaît. Ce serait la mienne. Je le veux bien. Je ne peux pas faire autrement. Je suis celle-ci, là, une fois pour toutes et pour jamais. J'ai commencé de l'être il y a vingt-cinq ans. Je ne peux même pas me saisir entre mes bras. Je suis rivée à cette taille que je ne peux pas entourer. Ma bouche, et le son de mon rire, toujours je les ignorerai. Je voudrais pourtant pouvoir embrasser celle que je suis et l'aimer.

Je ressemble aux autres femmes. Je suis une femme d'aspect assez quelconque, je le sais. Mon âge est un âge moyen. On peut dire qu'il est encore jeune. Mon passé, les autres seuls pourraient me dire s'il est intéressant. Moi je ne sais pas. Il est fait de jours et de choses dont je n'arrive pas à croire qu'ils me sont arrivés vraiment. C'est mon passé, c'est mon histoire. Je n'arrive pas à m'y intéresser parce qu'il s'agit de la mienne. Il me semble que mon passé c'est demain qui commencera vraiment à le contenir. A partir de demain soir, le temps comptera. Pour le moment, tout autre passé que le mien m'appartient davantage. Celui de Tiène ou de Nicolas par exemple. C'est parce que l'on ne m'a pas prévenue que je vivrai. Si j'avais su que j'aurais un jour une histoire, je l'aurais choisie, j'aurais vécu avec plus de soin pour la faire belle et vraie en vue de me plaire. Maintenant, c'est trop tard. Cette histoire a commencé, elle me mène vers où elle veut, je ne sais pas où et je n'ai rien à y voir. Bien que j'essaye de la repousser, elle me suit, tout y prend rang, tout s'y décompose en mémoire et rien ne peut plus s'inventer.

Je pourrais être mille fois différente de ce que je suis et, en même temps, être à moi seule ces mille différences. Cependant, je ne suis que celle-ci qui se regarde en ce moment et rien au delà. Et je dispose peut-être encore d'une trentaine d'années pour vivre, de trente octobre, de trente août pour passer de ce moment-ci à la fin de ma vie. Je suis à jamais prise au piège de cette histoire-ci, de ce visage-là, de ce corps-là, de cette tête-là.

*

Il y a trois jours que je suis ici et rien ne se passe. Je n'ai rien à faire. Tiène est loin. Maintenant, j'entrevois ce qu'aimer voulait dire, et souffrir et aussi s'intéresser à l'histoire des autres. Ce n'était pas sérieux. Seulement, je l'ignorais. Maintenant, je sais bien qu'il est plus sérieux de ne rien faire du tout et de laisser les autres se débrouiller.

C'est calme ici. Aux Bugues j'ai été bien agitée, pendant des années. Il fallait toujours penser à ne pas dépenser trop, aux grêles, à l'avenir de Nicolas. Comme s'il ne s'était pas passé de moi pour mourir comme il l'entendait. Je ne fais rien et je ne parle à personne. C'est curieux, je ne m'ennuie pas. Je ne pense pas à m'ennuyer L'ennui est loin, vague. Je sais déjà qu'il arrivera Mais avant, il faut qu'on lui creuse sa place.

Il y a près de la mer des oiseaux que je ne connais pas. Ils passent très haut dans le ciel Parfois ils descendent sur les rochers. Ils sont blancs comme le sel. On les aperçoit aussi qui se reposent sur leur ventre à la crête des vagues. Jamais on ne les voit de près. Ce sont des oiseaux de mer. Leurs cris sont plaintifs et lisses. La nuit, quand je ne dors pas, je crois les entendre, mais c'est le vent que j'entends. Il arrive tout d'une pièce de la haute mer et il se fend contre les choses fermes de la terre. C'est une même chose que le bruit du vent et les cris des oiseaux pour l'oreille qui écoute la nuit. On ne peut pas s'empêcher d'y penser, de penser à leurs couvées neigeuses dans le creux des rochers que bat la mer.

La nuit, quand je ne dors pas, je pense que Nicolas est mort, qu'il est en ce moment dans le petit cimetière des Zies, pour toujours. Que moi je suis couchée dans ce lit, encore vivante pour un temps indéterminé. Mais ces pensées-là sont toujours les mêmes et l'on s'en distrait facilement. On croit continuer à penser à la même chose et l'on s'aperçoit qu'on pense à autre chose. Mais c'est comme si c'était encore la même chose. C'est toujours pareil. Je commence à penser à Nicolas, et je finis toujours par penser à ces oiseaux qui dorment dans le passage du vent, dans les trous des rochers que bat la mer.

*

Quelquefois je pense à Tiène. Lorsque les hommes passent devant moi sur la plage, à moitié nus, je pense au corps de Tiène. Alors je pense que je suis une femme. Que je suis vivante en femme, pas en n'importe quoi, en femme seulement. Je n'oserai pas affirmer que jusqu'ici je n'espérais pas être également vivante en d'autres espèces. Courir un jour sur la colline comme la chienne de Clément. Étendre un jour mes branches comme le magnolia de la cour. Je ne m'avouais pas qu'il me paraissait impossible d'être une chienne déguisée, un arbre déguisé. Maintenant, je me formule cette évidence qu'il en est tout autrement.

De quelle hypocrisie je suis ! On ne voit rien du gouffre qui est là, entre mes jambes. Celui qui le découvrirait croirait qu'il vient de s'ouvrir sous lui, par lui. Il est perfidie et innocence. Il est une chose qui toujours attendait celui qui vient, qui n'est rien qu'un aboutissement pour autre chose. Or, le fond de ce gouffre est en même temps le refuge, le seul refuge contre le ciel et l'une des murailles les plus dernières du monde. Je n'y peux rien. Je ne suis rien auprès de cela. Mais cela est en moi, accroché à moi, se devine dès ma figure.

Je l'oublie facilement, mais il reste lié à la pensée de Tiène. Tiène est l'homme que j'aime. Il sera peut-être le seul durant ma vie à qui je pourrai tendre ce puits de fraîcheur. Pourtant, il existe tous les autres que je ne connaîtrai jamais. Mais c'est l'idée de Tiène qui m'a fait découvrir qu'il m'appartient, qu'il peut appartenir, à moi, à Tiène. Avant de le connaître, je le sentais vaguement au fond de moi comme quelque chose de vide ou si on veut, de plein, plein d'une ignorance totale. Il en sortait un cri vide qui n'appelait personne. Depuis une force y a grandi, contre laquelle je ne puis rien, une pensée s'est installée là, dans moi, contre moi, autour d'une forme, toujours la même, celle de la forme de Tiène.

Pourtant il y a tous les autres. Ils existent. Avec leur sourire. Je ne les verrai pas me chercher. Je ne les regarderai pas me découvrir. Je ne les écouterai pas s'aplatir sur moi dans toute leur

129

confiance et se relever confusément, à la façon de
ces oiseaux qui se relèvent sur la grève où le vent
les a jetés.

Je suis la femme d'un seul homme. Tiène est
seul irremplaçable puisque tous les autres, même
nombreux, ne me consoleraient pas de Tiène, ne
feraient que me le faire rechercher toujours
davantage.

J'aime Tiène. Ce n'est plus une chose qui peut
encore arriver. Elle est déjà arrivée. C'est fait.
J'aime. J'aime Tiène. Même de loin, je sens très
bien que je ne veux plus d'un autre que lui. Ce
que je croyais qui me tenait le plus à cœur
jusqu'ici s'est évanoui. Mais il me reste toujours
cette envie de Tiène. C'est là, endiguée entre mes
hanches, une espèce de sagesse plus sage que moi
et qui sait mieux que moi ce que je veux.

*

Le soleil a bientôt fini sa course. La mer est
encore uniformément verte et l'horizon est net.
Pourtant on ne peut s'y tromper. La brise se lève
et la mer se dépêche de monter

Du plus loin que je me souvienne, j'ai toujours
travaillé ferme aux côtés de papa et de maman. Il
fallait ne rien faire. Et toujours j'ai dû dormir
ferme, même les nuits de vent et d'orage en

130

pensant au soleil du lendemain. Il fallait veiller avec le vent, qui réclame d'être écouté. Toujours été raisonnable, sage, vierge jusqu'à vingt-cinq ans. Il fallait accueillir les hommes qui venaient avec leur sourire qui insiste ou simplement leurs beaux bras. Et les autres, mes parents, ne pas les aimer au point d'attendre d'eux seuls un ordre, un plaisir, un chagrin. Puisque eux n'attendaient que du dehors quelque changement et qu'ils m'ont abandonnée pour n'importe quoi, je ne sais pas. Pour la mort, la folie, le voyage.

J'en serais au même point bien sûr pour le moment. Le temps est vieux et il le serait également, mais, alors, il était radieux et je l'ai ignoré. J'étais une fille avare de mon corps, de ma vie. Et maintenant le temps est vieux. Une fois qu'on a perdu la faculté d'oubli, on manque définitivement d'une certaine vie. C'est cela sans doute sortir de l'enfance.

Elle, je l'ai vécue dans Nicolas. A ma place il a vécu mon enfance. J'étais de cinq ans son aînée et toute petite je me suis toujours émerveillée de le voir plus petit que moi, plus faible et plus croyant au jeu. Un jour, je l'ai trouvé endormi au bord d'un champ, fourbu de joie. Je l'ai gardé jusqu'au coucher du soleil contre les abeilles, les serpents, le crépuscule. Il dormait tout seul contre le champ qui surplombe la grande vallée de la Rissole. Il avait six ans. Sous sa respiration, les plus proches tiges des herbes où s'enfonçait sa tête s'inclinaient un peu, à peine, régulièrement. Je l'ai ramené dans mes bras.

Je m'en occupais très peu. La plupart du temps, il était tout seul à courir les champs. Il était sale et toujours mal habillé. Ce que j'aimais, c'était de le découvrir abandonné au fond de son enfance, tout d'un coup.

Maintenant, il est mort. Il s'est couché sur la voie ferrée, contre les rails. Sa tête brûlante d'un amour qui n'était pas pour moi contre la fraîcheur des rails. Il a regardé arriver la locomotive et peut-être a-t-il oublié en la voyant qu'il s'était couché là pour mourir. Moi, à ce moment-là, je dormais avec Tiène, dans le même lit, nue contre lui. Déjà, déjà, il m'importait peu de savoir s'il vivrait autant que moi, lui, Nicolas.

Sa mort, plus facile et pire que la perspective de sa mort. Elle ne peut plus arriver. C'est une grande différence que je porte sur moi. J'ai perdu moi-même une épaisseur, perdu le hasard qui m'entourait comme un vêtement. Je suis nue.

Le soleil s'est couché. Pendant quelques minutes il a illuminé la mer qui est devenue toute safranée en surface, et plus verte et plus froide que jamais sous cette croûte de lumière. Comme elle est partout maintenant que le soleil est couché.

*

J'ai regardé ma robe jetée sur le lit de la chambre. Mes seins lui ont fait deux seins, mes bras, deux bras, au coude pointu, à l'emmanchure béante. Je n'avais jamais remarqué que j'usais mes affaires. Je les use. La robe luit au bas du dos, à la taille. Sous les aisselles, elle est déteinte par la sueur. J'ai eu envie de m'en aller, de laisser cette robe à ma place. Disparaître, m'enlever.

(Elle a eu très chaud à la figure, elle a mis sa tête dans l'oreiller, elle a voulu mourir tout de suite.)

Les premiers soirs je m'intimidais. Je rencontrais mes mains partout, ma figure dans les glaces, mon corps sur mon chemin. Je ne reconnaissais pas très bien ce qui m'appartenait, c'est pourquoi je repensais sans cesse à Nicolas pour me rappeler qui j'étais en fin de compte et rassembler mes morceaux qui traînaient dans la chambre.

Sur la plage, seule, sous le soleil c'est bien différent. On sent battre son cœur jusqu'au bout de ses doigts, s'emplir et se désemplir cette épaisseur entre les côtes, enfermée. Ma jambe nue, allongée sur le sable, je ne la reconnais pas, mais je reconnais mon cœur qui bat.

*

Il est deux heures de l'après-midi. On ne peut pas s'imaginer la longueur, la lenteur d'un jour qui s'inscrit dans le ciel. Je suis là pour toute la journée. Comme hier. Mais non...

On ne peut pas dire que je m'ennuie de Tiène. Je ne pense pas à lui, à le retrouver. Pourtant, cette odeur de la mer qui m'arrive en ce moment sur la plage dans un souffle âcre et frais, je la reconnais. C'est une odeur d'ailleurs. C'est l'odeur d'une privation, de la privation de Tiène qui dort et rêve et ne fait pas attention à moi. Le vent qui vient du fond de l'horizon vient de la poitrine de Tiène, plus vent qu'avant, qui a touché quelque chose comme son sang. Je reconnais ce bruit sauvage, le goût de sel et d'acier, l'odeur de guerre.

Tiène dormait. Je l'écoutais respirer. Je songeais aux voyages. A ceux que Tiène avait faits. A ceux que je n'avais pas faits. A ceux que je ne ferai jamais, avec ou sans Tiène. Le vent qui sortait de ses narines était mouillé de l'embrun qui embue les départs. Tiène m'avait quittée, rêvait de me quitter. C'était un homme endormi le long d'une femme. Une espèce de victime qui ne pouvait se décider à la quitter. Je le plaignais. Mais je me penchais sur ses cheveux et je sentais leur odeur d'herbe séchée qui était celle de tout le lit. L'odeur d'un : maintenant. Celle-là me prouvait que Tiène était bien là, blotti tout au fond de l'oubli, mais là tout de même. Ce maintenant, c'était son corps que je pouvais caresser. Son cou nu sur lequel on avait envie de fermer ses mains sans serrer. Ses yeux que j'aurais pu, d'un cri, faire remonter à la surface de l'éveil. Ses deux rides qui encerclaient sa bouche entr'ouverte et qui me le rendaient plus vrai que sa voix. Il n'y avait rien à faire, rien à dire et pourtant mon cœur était plein de cris de pitié et de cris de victoire.

*

Quelquefois vers le milieu de l'après-midi, le vent se lève. La mer blanchit. Il arrive que le soleil se voile. Il n'y a plus d'ombres tout à coup. Et tout devient blême comme frappé de frayeur.

Après deux heures d'immobilité sous le soleil, à ne rien faire, que regarder la mer toujours la même : alors ma tête ne sait plus rien faire, elle ne sait plus préférer une pensée à une autre et la retenir. Toutes celles qui lui arrivent flottent au même niveau. Elles apparaissent et disparaissent : des épaves sur la mer. Elles ont perdu l'aspect et le sens qu'on leur reconnaissait d'habitude, tout en gardant leurs formes d'une façon à la fois absurde et inoubliable.

La pensée de ma personne de même est froide et lointaine. Elle est quelque part hors de moi, paisible et engourdie comme l'une d'entre toutes ces choses qui sont sous le soleil. Je suis une certaine forme dans laquelle on a coulé une certaine histoire qui n'est pas à moi. Je mets à la porter, ce sérieux et cette indifférence avec lesquels on se charge de ce qui ne vous appartient pas. Je pense bien cependant qu'il pourrait exister un événement qui serait le mien tellement que je l'habiterais tout entier. Alors, je me réclamerais de mes défaites, de mon insignifiance et même de cet instant. Mais avant, inutile d'essayer.

La petite caisse qui est arrivée l'autre jour sur la plage ne tenait que par quelques clous dont certains dépassaient, rouillés et tordus. Sur l'une des planches on devinait les mots : « oranges » et « Californ ». Elle avait dû être ouverte par l'équipage d'un cargo, vidée de ses oranges et jetée à la mer. Elle était là, débarrassée de ce qu'elle avait servi à contenir. Et cependant elle durait toujours, plus inutile que jamais et plus que jamais caisse-à-contenir-des-oranges. La marée descendante l'a remportée. Elle est repartie à la crête des vagues toute vivante et délirante. Entre ses quatre planches tenait la place d'une véritable histoire, d'un véritable manque d'histoire qui se criait à la face du ciel.

On regarde l'oiseau, toujours le même, qui raye le ciel de cercles doux et blancs. Un nuage passe sur la mer et y fait une tache de soir qui s'efface aussi vite. A mon doigt, j'ai la bague de jade venue de la grand'mère Veyrenattes qui fut à Bornéo et de qui la mort après vingt ans n'a peut-être été rappelée que trois fois ici-bas — et encore — la dernière à l'instant.

Pourquoi Tiène? Pourquoi lui et non pas les mille autres pareils? On préfère en ce moment tout ce qui n'était pas préféré pendant qu'on préférait Tiène. On peut se passer de le toucher, de l'attendre, de se demander s'il pense à vous à l'heure qu'il est. C'est ainsi sous le soleil.

Rien ne vous retient en arrière, rien ne vous pousse en avant, même faiblement. Pas même le regret de ne plus sentir dans son ventre le sillage glacé de la pensée de Nicolas.

*

C'est toujours des yeux de Nicolas dont je me souviens lorsque je me souviens qu'il est mort. Pas très grands, violets au soleil; des particules d'or y nageaient plus ou moins visibles suivant l'intensité de la lumière. Au centre, la pupille noire, l'entrée d'une grotte où toujours il faisait sombre. Des cils en pinceaux les entouraient et les protégeaient soigneusement contre les poussières, le soleil trop vif. Et ces yeux-là servaient à Nicolas pour voir. Le soir, il les fermait pour dormir. Puis, il les rouvrait le matin et il s'en servait toute la journée. Une douce humidité baignait leur surface et les paupières y glissaient si naturellement que jamais Nicolas ne soupçonnait qu'il aurait pu les sentir. Du haut de la terrasse, Nicolas pouvait voir toute la vallée de la Rissole avec ces yeux-là et, en même temps, le ciel qui la recouvrait. Et, de même, il a pu voir les yeux de Luce et son immense bouche s'approcher de la sienne. Jusqu'à la dernière minute ses yeux ont vu. La dernière fois, ce sont deux rails brillants qui se sont inscrits dans la grotte sombre.

Maintenant, ils sont dans le cercueil avec tout le reste, avec les pieds, les cheveux. Nicolas les a tués. Par eux le jour inondait Nicolas, la joie, l'amour aussi. Ils étaient plus que Nicolas. Peut-être n'aurait-on pas dû lui donner des yeux pareils à lui, à lui qui les a tués.

*

Ce qui est passé et ce qui arrivera est enfoui dans la mer qui danse, danse, en ce moment, au delà de tout passé, de tout avenir. Certains matins en longeant la mer, je sens que moi aussi en marchant, je danse. Des jours de soleil léger, de sable humide, d'écume à odeur de poisson.

Au soleil. Mes cuisses dans mes mains. Je les caresse. La paume chaude de ces mains rencontre la fraîcheur de ces cuisses qui sont heureuses. De mes aisselles entr'ouvertes monte cette odeur d'humus frais qui est la mienne. A l'ombre de ma peau, ma chair travaille, dévore les jours les uns après les autres avec une avidité toujours égale. En elle s'est englouti tout ce qui m'est arrivé, peu de choses à vrai dire, mais ce qui m'est arrivé en propre, par exemple, toutes les images que mes yeux ont vues depuis ma naissance, toutes, toutes. Car mes yeux sont reliés à mon corps par mon cou et, il n'y a rien à faire, ils n'auraient pas pu voir à la place de ceux de Nicolas par exemple. Je n'ai que l'existence de ce corps pour y loger la mienne et me prouver que j'ai seulement commencé d'exister. Il a travaillé, travaillé, pleuré de la mort de Nicolas, essayé de mourir sous Tiène. Il vieillit. Au fond, cela me plaît. Il n'y a pas d'oubli. On ne l'a pas oublié. Il y a une fierté à le penser et on finit par avoir de la considération pour ceci qui subit le sort commun si honnêtement. C'est beau ce corps de vingt-cinq ans que j'ai. Ces pieds sont durs, achevés, des pieds qui ont marché. C'est là dans ce petit champ de chair que tout s'est passé et que tout se passera. Qu'un jour ma mort mordra et s'accrochera par la gueule jusqu'à ce que nous fassions ensemble un groupe de pierre.

Pour le moment, ma mort, c'est une petite bête qui m'habite et avec laquelle je vis en bonne entente. Elle ne se montre pas. C'est quand j'y pense seulement que je la sens nichée tout au fond de mon ventre. Quand elle se montrera, je le reconnaîtrai bien. Il y a le premier jour de chaleur d'avril. Celui où Tiène vous embrasse pour la première fois. D'autres, et celui-là. On sait tout à l'avance. Elle aura le museau glacé des jeunes chats, une respiration brûlante. On se regardera enfin de tout près.

Il peut arriver sans doute qu'on meure plus ou moins vite, mais on doit toujours avoir le temps de bien se retrouver.

Ma mort à moi ; il ne faut pas boucher ce trou par lequel la tête se soulage de tout ce qui l'occupe, jusqu'à sa lie. A la sortie, un vent violent souffle et vous emporte toute. A condition de se laisser fuir tout entière avec bonne volonté sans être avare du plus petit détail, on se retrouve vite bien plus loin, distraite, refaite, sauvée et l'on regarde : « Il y a là du monde qui se baigne, plus loin une fille qui regarde la mer, plus loin, un phare. »

Mais à ce moment-là on doit remuer une jambe ou simplement un doigt. (Et c'est celle-là qui doit mourir.)

＊

Il y avait autrefois une famille qui vivait à
l'écart du monde dans un lieu que je connais bien.
Ils habitaient une grande maison qui les contenait
justement. Ils étaient pauvres. Ils travaillaient. Si
pauvres qu'ils étaient obligés de ne pas se quitter
et de manger à la même table tous les jours de
l'année. Il y avait côte à côte ceux qui travaillaient le plus et ceux qui ne faisaient pas
grand'chose. Les vieux qui ne réfléchissaient pas
avant de parler. Les jeunes qui ne parlaient pas
assez volontiers. Et à la fin, ils avaient fini par
croire qu'il y en avait qui se détestaient.

L'été, ces gens-là crevaient les murailles de leur
demeure et s'en allaient chacun de leur côté sur
les chemins de juin. Ils s'en revenaient tard et
bien las, ce qui leur permettait de ne s'apercevoir
qu'à peine, de dormir pesamment, de rêver
quelquefois.

L'hiver, on aurait pu les voir à travers les vitres
(mais, en fait, jamais personne ne les a vus) avec
des visages tirés de distraction, groupés autour du
même feu. Ils travaillaient toujours les mêmes
champs, aux mêmes jours. Les saisons passaient.
Ils ne changeaient pas d'existence et semblaient
ne devoir jamais en changer. Cependant, dans
cette maison habitait le songe patient. Ils rêvaient

de trouver le moyen de se quitter pour toujours. Ils ne s'aimaient pas autant qu'ils le croyaient ni ne se détestaient non plus autant. Mais ils se trouvaient unis par leur pauvreté, par le mariage, par ceci qu'aucune raison précise de se quitter ne se présentait, sauf, celle de leur désir qu'ils avaient à vouloir. Mais, au fur et à mesure que le temps passait, ce désir a pris prétexte de tout pour ne pas se vouloir. Comme cela se passe quand on a trop laissé grossir l'attente pour qu'elle puisse jamais trouver de prétexte à sa taille.

J'ai vécu de leurs attentes tellement, que c'est moi qui ai fini par essayer de crever de l'ongle la peau de cette outre à songes.

J'attendais ce qui suivrait : le moment où ces songes surgiraient de la nuit, celui où ces gens s'empoigneraient vraiment, pour embrasser la bouche du plus vaillant d'entre eux. Mais leurs rêves les avaient portés dans une ombre si ancienne qu'ils ont titubé dans la lumière. Un matin le soleil s'est levé mais sur leurs cadavres, et il n'y a rien eu à voir. La maison s'est refermée. On ne verra plus leurs regards assemblés autour des mêmes feux. C'est tout.

Il n'y a que moi qui existe toujours pour le savoir encore.

Qu'en est-il de savoir ou d'ignorer quelque chose ? Quelle est la leçon de ce savoir-là pour démêler ce qui m'arrive face à face avec ce vide qui se lève devant mes yeux en vagues de plus en plus immenses, d'une clarté de plus en plus dévorante ?

*

Sur la mer, partout à la fois, éclatent des fleurs dont je crois entendre la poussée des tiges à mille mètres de profondeur. L'Océan crache sa sève dans ces éclosions d'écume. J'ai fait des séjours dans les vestibules chauds et boueux de la terre qui m'a crachée de sa profondeur. Et me voilà arrivée. On vient à la surface. Il y a de la place assez pour que tout l'Océan vienne crever au soleil, que chaque partie d'eau épouse la forme de l'air et mûrisse à son contour. Il y a la mienne qui les regarde. Je suis fleur. Toutes les parties de mon corps ont éclaté sous la force du jour, mes doigts qui éclatent de la paume de ma main, mes jambes, de mon ventre, et jusqu'au bout de mes cheveux, ma tête. J'éprouve la lassitude fière d'être née, d'être arrivée à bout de cette naissance. Avant moi, il n'y avait rien à ma place. Maintenant, il y a moi à la place de rien. C'est une succession difficile. De là sans doute le sentiment d'être une voleuse d'air. Maintenant on le sait et on veut bien être venue au monde. Je la vole ma place à l'air, mais je suis contente. Voilà.

Me voilà là. Je m'étire. Il fait beau. Je suis une farine au soleil.

*

Un soir, j'ai été près de la mer. J'ai voulu qu'elle me touche de son écume. Je me suis étendue à quelques pas. Elle n'est pas arrivée tout de suite. C'était l'heure de la marée. Tout d'abord, elle n'a pas pris garde à ce qui se tenait couché là, sur la plage. Puis je l'ai vue, ingénument, s'en étonner, jusqu'à me renifler. Enfin, elle a glissé son doigt froid entre mes cheveux.

Je suis entrée dans la mer jusqu'à l'endroit où la vague éclate. Il fallait traverser ce mur courbé comme une mâchoire lisse, un palais que laisse voir une gueule en train de happer, pas encore refermée. La vague a une taille à peine moins haute que celle d'un homme. Mais celle-ci ne se départage pas ; il faut se battre avec cette taille qui se bat sans tête et sans doigts. Elle va vous prendre par-dessous et vous traîner par le fond à trente kilomètres de là, vous retourner et vous avaler. Le moment où l'on traverse : on surgit dans une peur nue, l'univers de la peur. La crête de la vague vous gifle, les yeux sont deux trous brûlants, les pieds et les mains sont fondus dans l'eau, impossible de les soulever, ils sont liés à l'eau avec des nœuds, perdus, et pourtant voulant

se retrouver comme ceux de l'innocence même
(eux qui vous ont servi à faire vos pas, vos fuites,
vos larcins, ils crient : je n'ai rien fait, je n'ai rien
fait...). Il fait très noir, on ne voit plus rien que du
calme dans des lueurs. On est les yeux dans les
yeux pour la première fois avec la mer. On sait avec
les yeux d'un seul regard. Elle vous veut tout de
suite, rugissante de désir. Elle est votre mort à vous,
votre vieille gardienne. C'est donc elle qui depuis
votre naissance vous suit, vous épie, dort sournoisement à vos côtés et qui maintenant se montre
avec cette impudeur, avec ces hurlements ?

Il faut avancer avec la dernière force, celle qui
vous reste une fois que la respiration elle-même
vous a fuie ; avec une force de pensée.

Après la vague c'est calme, c'est là où la mer
paraît ignorer encore qu'elle s'arrête. Face au ciel,
on retrouve l'air, son poids. On est bête paisible
aux poumons respirants, aux yeux glissants qui
lissent le ciel d'un horizon à l'autre sans même le
regarder. Trente mètres d'eau vous séparent de
tout : d'hier et de demain, des autres et de ce soi-
même qu'on va retrouver dans la chambre tout à
l'heure. On est seulement bête vivante aux poumons respirants. Peu à peu ça qui pense se
mouille, s'imbibe d'opaque, d'un opaque toujours
plus mouillé, plus calme et plus dansant. On est
eau de la mer.

Mais très vite, et subitement, la pensée. Elle

revient, étouffe de peur, cogne à la tête, devenue tellement grande (tellement grande que la mer y aurait tenu) ; elle a peur tout d'un coup de se trouver dans un crâne mort. Alors on bouge ses pieds et ses mains de nouveau amis. On glisse intelligemment avec la mer jusqu'à être versée sur la plage.

Lorsque je rentre à l'hôtel, je la regarde de ma fenêtre, elle, la mer, elle, la mort. C'est elle, alors, qui est en cage. Je lui souris. J'étais une petite fille. Depuis tout à l'heure, je suis devenue grande.

*

Il y a neuf jours que je suis à T... J'ai encore de l'argent que Tiène m'a donné. Je suis allongée sur la plage comme chaque jour, à me dire que j'ai encore du temps devant moi. L'homme noir à la cigarette, je l'ai vu arriver de loin, il s'est approché. J'ai accepté qu'il me « tienne compagnie ». Je lui ai demandé de s'asseoir auprès de moi. Il l'a fait immédiatement. Je me suis assise à mon tour. Il a trente ans, une mauvaise mine. Le col des gens des villes a marqué son cou, ses mains sont maigres et ses yeux, fatigués par le grand soleil. Je plais à cet homme. Pendant que je le regardais attentivement, il paraissait moins sûr de lui. Il m'a offert une cigarette. Je lui ai dit que je ne fumais pas. Sans doute se rappelait-il que je lui vais plu ; pour le moment, il en doutait. Il n'a pas su quoi me dire ensuite. Il a détourné la tête vers la mer et il a déclaré qu'il faisait bien beau pour un début d'octobre. Puis il m'a demandé si je resterai encore à T... longtemps. A vrai dire, je l'ignorais. « Fin septembre c'est fini, ici. » Cette pensée ne l'attristait pas. Il continuait à regarder la mer tout en pensant sans doute à ce qu'il aurait bien pu me dire d'autre. Qu'entendait-il par : fini ? Il m'a dit que fin octobre, et même avant, il aisait trop froid pour se baigner, que les gens s'en allaient, que les trains eux-mêmes se faisaient plus rares, que les hôtels fermaient. Et la pluie. La mer bouchée de brume, les plages vides, le vent Dans quinze jours, trois semaines au plus tard. Il regardait le soleil, les baigneurs, la mer verte, avec l'air de quelqu'un qui est revenu de bien des étés et qui sait ce qu'il en est. « Il y en a jusqu'à l'année prochaine maintenant, les vacances passent vite. » Seul l'été prochain possédait des vertus que celui-ci, qu'aucun autre plus ancien, ne possédaient. Ses mains croisées sur ses genoux jouaient ensemble distraitement. Ses lèvres sèches coupaient sa figure d'une trace triste.

Je lui ai demandé de m'expliquer comment la fin s'annonçait. Si déjà il apercevait sur l'eau et dans le ciel quelque signe de fin de saison, lui qui s'y connaissait.

« Sauf les matins et les soirs qui sont plus frais, on pourrait oublier que l'on n'est plus en août. » Ce qui ne voulait pas dire que le temps continuerait à être aussi beau ; il se gâterait sûrement tout d'un coup, ajoutait-il.

Il regardait toujours la mer du même œil distrait ; j'aurais désiré le voir de face pour voir s'il parlait faux.

« Ainsi, moi qui n'ai que vingt et un jours de vacances par an puisque j'en prends huit à Pâques, je trouve osé de les prendre en septembre. Des circonstances de famille m'ont empêché de les prendre plus tôt, mais je ne déteste pas quand il y a moins de monde. On s'occupe mieux de vous dans les hôtels et dans un sens c'est plus reposant. »

Ensuite il a jeté sur moi un œil timide, tout à coup rapetissé. Il a dit que lui « aussi » il aimait bien la solitude, que les gens sont mauvais, si égoïstes. A l'hôtel, il le sentait clairement, on essayait de retenir les derniers clients de septembre, tandis qu'en août ! étais-je venue en août ? non ? alors à ce moment-là la patronne, elle se souciait bien des clients ! les plats arrivaient froids, le service se faisait mal. Enfin dans un sens il ne regrettait pas d'être venu si tard. (Encore un coup d'œil sur ma personne.)

J'aurais voulu qu'il parte mais en même temps je continuais à le questionner, à l'écouter.

Je lui ai demandé pourquoi il revenait à T...
puisque cette pension ne lui convenait pas. Il a
dit : « Qu'est-ce que vous voulez, on a l'habitude
et ailleurs c'est la même chose, allez. » Son œil
s'est fait plus rond. J'ai pensé à son œil, comme il
lui était utile, il lui servait pour ne pas trébucher
le soir et ne pas casser sa jambe, sa précieuse
jambe, et pour couper son beefsteak à lui de la
façon spéciale qu'il aimait, et pour... et pour... Je
me suis fait la remarque que chaque homme de la
ville et des villes est pourvu d'un œil semblable,
pour la commodité de la circulation. Si j'avais eu
un petit canif, du courage et de la force assez,
j'aurais voulu lui extirper son œil pour le voir
tituber sur la plage, pour qu'il se souvienne
toujours du ciel qui était à ce moment-là au-
dessus de nous, bleu, bleu, bleu. Quelques nuages
le contournaient très loin, à faible allure.

Qu'en pensait-il en fin de compte ? Ce que je
voulais, c'était son opinion, la saison finirait-elle
bientôt ? Il a regardé la mer, l'horizon, lui qui
sait, a roulé des épaules par petits bonds :
« Croyez-moi si vous voulez, remarquez que je
peux me tromper, mais je crois bien que ce beau
temps ne finira pas de si tôt. »

Je n'écoutais pas. Un rire est monté de mes
reins jusque sur mon visage. S'étendre, ne plus
pouvoir rester assise de plaisir. Je venais d'assister à une seconde de la bacchanale funèbre qui

éclatait dans les cymbales du vent : les maisons se fermaient, les marins se perdaient, les trains vides brinqueballaient et moi, étrangère, chassée par le fouet du vent, je...

C'était refermé. La mer mate dansait encore comme une jeune vierge aux membres gonflés.

L'homme paraissait encouragé par toutes ces questions. Il se rappelait tout à fait que je lui plaisais maintenant. Il travaillait dans une maison de confiserie en gros. Tout en allumant sa cigarette, il a commencé à raconter sa vie. Bien des malheurs, il avait eus. C'est lui qui passait les commandes avec les détaillants, mais ce poste important il n'avait réussi à l'occuper qu'après des années de lutte avec le directeur commercial qui était un personnage redoutable.

Je me suis aperçue que le soir allait venir. Je lui ai demandé de m'excuser, de me laisser. Il a voulu savoir s'il pouvait me revoir le lendemain. Je lui ai avoué que demain j'aurais bien aimé être seule. « Je vous ai ennuyée avec toutes ces histoires, je m'en excuse, on se laisse aller à parler. » Il s'est relevé. J'ai évité de lui répondre. « Je sais bien que j'ai été ennuyeux, mais ça fait du bien de parler à quelqu'un qui comprend. » Étais-je là chaque soir ? Il viendrait s'y baigner. Je l'ai prévenu, le coin était dangereux. Il a retrouvé une arrogance : « Raison de plus, on n'a pas peur, on viendra s'y baigner. Au revoir, mademoiselle. » Il s'en est allé en sifflotant, le costume ouvert. Mais il sentait que je le regardais, son pas était gauche et quelquefois ses pieds manquaient buter l'un contre l'autre.

Les jours suivants, il est passé souvent devant moi qui faisais semblant de dormir, mais sans s'arrêter, sans oser non plus se baigner.

*

Nous suivions Jérôme. Nicolas était tout en sueur et dans sa figure mouillée, ses yeux luisaient. Il était encore très tôt. Une aube d'été s'allongeait, fauve, sombre, aux bords de la vallée de la Rissole. Jérôme a été si long à remonter que lorsque nous sommes arrivés sur le plateau le soleil s'était levé. Je sens encore l'odeur de sueur de Nicolas qui se mêlait à celle de la forêt endormie. J'ai encore envie de sa bouche fumante, tellement ignorante, tellement incapable de dire ce qui venait de se passer. Nicolas, Nicolas. Maintenant, ils sont ensemble, dans le petit cimetière des Ziès comme des enfants punis. Et c'est moi qui suis hors du jeu. Il fallait bien pourtant qu'éclate un jour cette immobilité des Bugues qui nous était plus sensible, plus dure à supporter dans l'août qu'en d'autres temps. A part Noël qui grandissait visiblement, les gens des Bugues ne pouvaient que s'y deviner vieillir et se recouvrir d'une peau de silence de jour en jour plus épaisse. Ils le pouvaient puisque chacun attendait d'être séparé des autres pour toujours et de s'en aller. Durant des années, ils ont attendu, puis, quoi ? Or, je m'aperçois que pour ma part je n'attendais rien d'autre que ce qu'ils attendaient, sans savoir quoi. Ce n'était pas la même chose que pour Nicolas. Lorsque je l'effleurais des yeux, son songe à lui m'emplissait tout entière. C'est d'avoir été trop regardée par l'absence violette du regard de Nicolas que j'ai fini par chercher quoi faire et le dresser contre Jérôme. Nul n'aurait pu le faire mieux que moi puisque chacun n'avait que des raisons à lui de le souhaiter et que chacun était jaloux de ses raisons, ne désirait les partager avec personne. Il fallait en arriver là. Car Jérôme aurait pu en faire dix fois plus, Nicolas n'aurait pas pu s'en indigner. Invoquer un nouveau grief contre Jérôme le répugnait en ceci qu'il n'intéressait qu'un des aspects de Jérôme. Il a bien fallu en arriver là. Se rappeler qu'on ne peut pas souffrir et haïr jamais au point de se croire le droit de tuer à cause de ce qui vous a été fait. Se dire qu'il était impossible de trouver un moyen de punir Jérôme qui nous aurait satisfait. Et qu'il fallait ne pas être hypocrites en se le cachant. Je n'en voulais à Jérôme qu'à cause de Nicolas, mais enfin il ne pouvait pas mourir tout seul, je savais qu'il n'existait que cette façon de nous en séparer. Le voir mourir ou risquer de mourir, qu'il ait peur. Sans doute ai-je menti à Tiène lorsqu'il m'en a parlé ou peut-être je ne m'aperçois qu'à présent que je le savais.

Aussitôt après sa mort, Nicolas a rejoint Luce. Il fallait s'y attendre.

Laisser partir Clémence, c'était donner Luce à Nicolas. Et ça me plaisait bien. Pour commencer. Après, on l'aurait fait partir des Bugues, après qu'il s'en serait dégoûté. Mais finalement, sans le vouloir, tout ce que je suis arrivée à faire, c'est à lâcher un oiseau dans le vent. Il était un oiseau véritable et à cause de moi il le restera éternellement.

Ce n'est là un événement heureux ni malheureux, c'est quelque chose qui est arrivé. La mort de Nicolas est arrivée. Elle est entrée dans la maison avec Luce au retour de l'enterrement de Jérôme. Dès ce soir-là, Nicolas ne nous a plus appartenu, ni à Luce ni à moi. Je ne savais déjà plus les mots pour lui dire de vivre, je ne possédais plus la force pour l'empêcher de mourir. A partir de ce moment-là, je me suis désintéressée de Nicolas.

L'ennui est plus creux qu'autrefois, plus lisse, sans une ombre.

Nicolas devait mourir d'aimer. Sa vraie vaillance n'était pas de tuer Jérôme, mais d'aimer. Je sais que c'est juste, juste. C'est juste comme un vêtement qui vous va bien, comme est juste l'aurore, comme est juste le soir.

Alors je joue à regarder marcher les petits crabes qui se pelotonnent dans le sable et deviennent ainsi des parfaits cailloux. Je suis calme et quelquefois j'ai du plaisir de les voir faire, comme des enfants.

*

Mais peut-on jamais être sûre ?

Je me souviens très bien de la nuit pendant laquelle j'ai décidé de les dénoncer. Je ne dormais pas. J'attendais Tiène. J'écoutais. Il me semblait que c'était justement le chuchotement qui venait de la chambre à côté qui m'empêchait d'entendre les craquements des marches de l'escalier sous les pas de Tiène. A force d'attendre, la colère m'a gagnée. Je m'en voulais de l'attendre chaque nuit, d'y user toute ma tête, tout mon temps. Je croyais que j'étais en train de vivre les moments les plus honteux de mon existence. Mais en même temps, je ne pouvais pas faire autrement.

La nuit est devenue claire, puis le ciel a blanchi au bas du parc. Les arbres ont commencé à secouer doucement leurs grandes ramures bleues. Contre le mur, une brise s'est mise à glisser, à caresser comme une bête qui cherche et qui sent. C'était l'aurore.

Debout contre les barreaux de la fenêtre, je me suis aperçue que, une fois de plus, toute la nuit, j'avais attendu Tiène. Eux-mêmes, à côté, s'étaient endormis depuis longtemps. Pendant un court moment je n'ai pas su ce qu'il fallait faire : cogner ma tête contre les barreaux de la fenêtre pour qu'elle éclate, pour la vider de la honte de mes pensées, ou rire de tant de folie, de tant de folie sérieuse. Mais à peine y avais-je pensé que je n'avais plus envie ni d'en rire ni d'en désespérer. Je me pardonnais tout. J'émergeais peu à peu dans un espace de joie violente, sans raison. Le jour se levait. Je me souviens bien : la brume du parc a été traversée tout d'un coup de longues coulées neigeuses. Presque en même temps les coqs de la basse-cour ont chanté et, de la route des Ziès, est arrivé le crissement des roues d'une charrette. Lorsque je me suis retournée vers la chambre, j'ai vu que tout y avait repris forme et couleur, mon lit pas défait et, sur moi, ma robe de cretonne rouge à fleurs grises, celle qu'aime Tiène. La nuit était bien finie maintenant. Je me suis dit que j'irais me promener avant de déjeuner. J'étais heureuse.

Je n'en voulais plus à personne, à Tiène non plus. J'ai entrevu la figure de Tiène qui dormait encore là-haut, fermée sur une bouche serrée, close sur son plaisir de dormir. Il m'a plu que

Tiène soit un homme indifférent, si libre, si sage, sans désir.

Il ne le savait pas encore. J'étais seule à le savoir. Qu'un jour je serais avec lui, que même son départ des Bugues n'empêcherait rien. Il ne savait rien. Qu'il ne pouvait pas tarder à descendre. Que je ne lui déplaisais pas et que même je lui plaisais jusqu'à lui donner quelquefois envie de m'aimer. Seulement, quelque chose l'empêchait de s'avouer qu'il devait descendre chez moi. Lui cachait à ses propres yeux que je lui plaisais. C'était cela même qui nous empêchait tous aux Bugues d'aller jusqu'au bout de nos pensées. Qui nous empêchait de tenter sortir de notre paresse par un geste devenu, pour nous, plus dur à accomplir que celui de la pire des impudeurs. C'est ce matin-là que j'ai pu penser à le faire. Que j'ai pu cerner cette chose, la retenir entre mes doigts, précise et nue.

Les Bugues allaient enfin s'ouvrir. On entendrait bientôt le rire de Nicolas dans le grand vestibule. Autour des feux, il y aurait une bonne chaleur. Bientôt, cet hiver-ci.

Et puis ensuite, le printemps. Puis d'autres, d'autres saisons viendraient, les plus brûlantes, les plus fleurissantes. Ah! et Tiène lui-même allait descendre jusqu'à ma chambre en ne se cachant de moi que pour mieux me surprendre. Il allait me prendre la taille dans ses mains dures;

156

sur son visage il y aurait un rire enfin éclaté qui
éclabousserait mes yeux et mes lèvres de sa
lumière.

Mais je ne suis sûre de rien au fond.

Le temps a passé. C'était entendu, demain je
parlerais à Nicolas. La situation finirait bien par
s'éclaircir.

Mais une fois que j'ai trouvé que Nicolas devait
avoir une explication avec Jérôme, je me souviens, je suis devenue triste à l'idée que cela allait
se faire, peut-être le lendemain.

Peu importait des raisons que j'avais de le
vouloir. J'en ai même oublié Tiène. Dès que j'ai
cru avoir trouvé comment éliminer Jérôme, j'ai
regretté qu'il soit si simple de trouver et de choisir
des solutions à des états de choses qui sont sans
solution, sans solution si l'on ne veut pas être
menteur, ni vulgaire ou niais.

Avant le matin j'étais déjà déconfite par cette
commodité honteuse qu'on peut trouver dans
presque toutes les circonstances de la vie.

J'aime me baigner le soir et aux endroits un peu
dangereux. On est sûre au moins de la partie qui
se joue. Et la nuit, on dort en paix, réconciliée
avec ce corps qui a été malin et courageux.

*

Des journées, des journées entières, du soir au matin, combien il a fallu en user pour arriver à cette après-midi. On n'a rien à faire. On n'a rien sous la main. Que la mer toujours pareille. On croit toujours que c'est aujourd'hui qu'on est le plus seule. Mais ce n'est pas vrai, on l'est tous les jours davantage. On se dit chaque matin qu'on ne pourra pas faire un pas de plus sur ce terrain-là et le soir on s'aperçoit qu'on a encore parcouru un espace vierge de solitude. On ne pense à rien d'important, à rien d'autre que ce à quoi l'on pensait aux Bugues, mais même ces pensées-là deviennent des fantômes, elles ne sont plus bonnes qu'à être pensées par la tête pendant qu'elle ne pense à rien.

On s'ennuie de Tiène, on voudrait bien voir sourire les parents, ou écouter une bonne fois l'histoire que Jérôme racontait si souvent, celle qu'on n'a jamais pu écouter. Mais petit à petit on se passe d'eux et si bien que c'est à l'idée de les revoir qu'on en arrive à s'effrayer. L'idée de retrouver Tiène vivant devant vous, par exemple, vous fait pâlir. On voudrait ne plus jamais avoir affaire à eux que comme souvenirs. On se sent d'une trop grande paresse à la pensée de les retrouver vivants. A l'hôtel, je fais exprès de rentrer tard pour ne pas voir les pensionnaires.

Lorsqu'il en passe près de moi sur la plage, je voudrais qu'ils ne me reconnaissent pas, qu'ils ne fassent pas un signe qui marque qu'ils m'aient jamais connue. Le bruit de leur voix est une douleur.

—) etat de solitude, plus

On voudrait toujours s'enfoncer davantage, se cacher, se surprendre soi seule, sournoisement, et se voir seule à seule dans un silence de plus en plus grand. Ils sont insupportables. Ils vous rappellent que vous aussi vous avez ri, parlé, avec cette aisance, ce bruyant, ce contentement répugnant.

Mais tout est bien. A la fin de la nuit saignée, quand on a fini de danser et que l'aurore est là et bientôt le jour, on se met à penser. Il a fallu danser pour pouvoir ne plus danser, pour que la danse soit devenue la chose la plus impossible. Il a fallu la tête déchirée par les cuivres et les lumières pour que la tête sache vouloir se retrouver dans le silence frais du matin. Après chaque bal, on ne dansera plus jamais.

l'ignorance

Après des journées de solitude on finit par se plaire dans son ignorance, par prendre avec elle d'un seul élan, comme un bon feu. Alors il ne faut plus troubler ces lentes flammes droites, il ne faut pas dire un mot qui voudrait dire qu'on a le moindre avis sur quoi que ce soit. Il faut se remettre à neuf dans l'ignorance.

On regarde la mer. A force de ne voir qu'elle on

s'use contre elle, on use tout à fait ses quatre souvenirs. On ne sait quel délire d'ignorance va vous emporter. Je suis sûre qu'on pourrait en devenir folle. Mais on reste toujours entre ces quatre membres, ces bras, ces jambes si pleins de timidité, toujours. Et pourtant à force de ne voir qu'elle, elle vous invite de plus en plus clairement dans son langage de sourde-muette à faire quelque chose de définitif. Peut-être à jeter toute votre pudeur, toute votre dignité en l'air comme une robe sale. Il faudrait oser se regarder soi-même jusqu'à danser une danse pour soi seule, me quitter moi-même jusqu'à me danser, danser devant moi le triomphe de mon ignorance absolue de moi et de mon ignorance de tout.

*

On est triste ou gai à volonté. Je me suis bien reposée durant toute la journée et le soir dans ma chambre, quelquefois, je laisse entrer le cortège de mes pensées. Toujours les mêmes. On se laisse faire. La fenêtre est ouverte sur la mer. A peine voit-on le ciel. Tout est noir.

Je compte les années qui me restent à vivre dans l'aile gauche de la maison des Bugues : dix, vingt, quarante ans. Rien ne les marquera, rien ne peut m'arriver. Je ne désire plus que rien m'arrive. A l'abri des murs solides des Bugues : je regarderai la terre se recouvrir tantôt de neige, tantôt de fruits, tantôt de boue, tantôt de blanches fiançailles, de lait, de catastrophes, de larmes.

Mes pensées. Plus je les laisse à l'écart, plus assourdissantes que jamais elles reviennent, comme des bavardes. Bientôt elles sont là, bientôt toutes en place, il n'en manque plus une. Je les connais. Des saletés, et s'il en manquait une, j'aurais de la peine.

Un jour je n'aimerai plus Tiène. A bien réfléchir, est-ce que je l'aime encore? Un jour, je vivrai sans le souvenir de Tiène — toute une journée sans que son nom me mouille les lèvres. Un jour, je mourrai.

Je pense à ce jeune homme au bal des Ziès, j'avais dix-sept ans, qui m'avait invitée à danser. J'ai senti contre moi, toute une soirée, son corps essoufflé et durci par l'attention extrêmement naïve qu'il mettait à bien danser. C'était le premier jeune homme depuis que j'étais une fille bonne à danser qui me prêtait une attention. Je l'ai oublié.

Un jour, Nicolas est mort. Un jour, je me suis réveillée dans une matinée de septembre, alors que Nicolas était enterré, enterré complètement, dans un trou refermé, complètement refermé.

Un jour : je sais que ce moment-ci est inoubliable et je l'oublierai. Je sais que je l'oublierai.

Il faut bien dormir Ici le café au lait est bon Il est tout prêt lorsqu'on descend dans la salle Ce n'est pas comme aux Bugues où il faut le préparer pour tout le monde Dès le matin, en sortant, le vent de la mer vous surprend par sa gifle, si sévère, si douce.

*

Il a fallu forcer Tiène à me remarquer, forcer la porte de sa chambre. Si je ne l'avais pas fait, il ne serait jamais venu. Il a fallu faire tuer Jérôme. Pour forcer sa curiosité. M'étendre près de lui toute nue sur la berge de la Rissole. Pour le forcer à me voir. Ensuite, ce qu'on dit à n'importe laquelle, il ne me l'a jamais dit, qu'il me trouvait belle. Maman, que j'ai questionnée à ce sujet, prétend que je ne suis pas laide, que ma figure est régulière, que mes cheveux sont drus et que je ressemble à sa jeune sœur qui était jolie et aimée. Mais elle ne m'a pas dit non plus que j'étais belle. Ce que tout le monde a le droit d'entendre, parce que c'est vrai pour tous les cas d'un certain point de vue au moins, je ne l'ai jamais entendu.

Il m'arrive de me regarder et de ne pas être de l'avis général. La nuit, à condition qu'aucun signe n'arrive des autres chambres et ne me rappelle l'indifférence du monde, il m'arrive de me trouver belle. Je me sens émue devant la régularité de mon corps. Ce corps est vrai, il est vrai. Je suis une personne véritable, je peux servir à un homme pour être sa femme. Je peux porter des enfants et les mettre au monde, car dans mon ventre il y a aussi cette place faite exprès pour les faire. Je suis forte, grande et lourde. Sous mon corps couché, le lit s'affaisse aussi, comme sous celui de Luce, de Tiène, de Nicolas. Ma chaleur m'entoure et se mêle à l'odeur de mes cheveux. Je n'en reviens pas de ma peau nue, fraîche, bonne à toucher, de cette préparation parfaite faite pour accueillir les richesses ordinaires. Je me plais. Je *narcisme* m'étonne de ne pas plaire aux autres autant que je me plais. Il me semble que cette grâce que je me trouve est d'une espèce qu'on ne peut pas aussi bien voir, qu'on n'entend pas aussi facilement. Parce qu'on est habitué à l'autre, à celle qui se montre tout de suite, qui est arrivée à crever au moindre prétexte dans la voix, dans les mains, dans le sourire. La mienne n'a jamais servi à plaire. Mais elle existe. C'est impossible, je ne peux pas me tromper. Quand je regarde mes seins tellement pleins, tellement existants, non, je ne peux pas me tromper. A l'ombre de mes robes, ils continuent d'attendre, eux. D'attendre d'être des seins auxquels s'accrochent des enfants, des regards. Ils comptent sur moi. Mais moi, on dirait que je ne sais pas m'en servir.

Pourtant, il y a Tiène. Mais je ne peux pas me

tromper non plus. C'est Tiène qui se trompait. Il a aimé une fille que j'ai inventée à force, à force de vouloir lui plaire.

*

Ce matin il m'est arrivé une lettre de Tiène.

« J'ai fait pour le mieux. Il a été difficile de trouver un bon métayer, mais en fin de compte je suis tombé sur de braves gens : le père, la mère, trois gosses. Ils arriveront la semaine prochaine. Il est entendu que tu gardes l'aile droite de la maison. Ils habiteront le premier étage et le rez-de-chaussée, côté gauche. Tu auras ton entrée du côté de l'esplanade entre les dépendances et le bois.

« Quant à tes parents, j'ai pensé qu'ils pourraient rester dans leur chambre et disposer de la salle à manger.

« Ton père a recommencé à sortir, mais il va invariablement du côté de la vallée où Nicolas a été retrouvé. Ta mère ne se lève toujours pas. Lorsqu'ils sont ensemble, couchés, il est évident qu'ils sont presque heureux. Ils bavardent comme autrefois, de la vie à R... Il ne faudrait pas les séparer, mais peut-être les éloigner des Bugues, peut-être les envoyer à l'hospice de Périgueux. Il est à craindre que ton père se relève trop vite et laisse ta mère toute seule. Ils parlent quelquefois

164

de toi, mais rien ne compte vraiment maintenant pour eux depuis Nicolas.

« Clément a cru que tu ne reviendrais plus. Je l'ai rassuré et j'ai réussi à l'empêcher de partir. Clémence, elle, s'en est allée il y a huit jours avec Noël habiter Périgueux. Tu auras sans doute du mal à reprendre Noël ; à moins qu'elle manque d'argent, elle ne le lâchera pas.

« Reviens quand tu veux. Pour l'installation des métayers, j'ai le temps de m'en occuper. Voici la fin de septembre et la pluie. C'est très beau. La pluie dure peu et lorsque le soleil reparaît, l'odeur des sous-bois arrive jusqu'ici. Tu sais, il est maintenant quatre heures de l'après-midi. De la terrasse d'où je t'écris, accoudé au parapet, je vois la Rissole sur un parcours plus long depuis que les arbres ont moins de feuilles. Je ne savais pas qu'elle virait tant de fois avant d'arriver aux Ziès. Elle luit et elle est grosse, presque à fleur des champs. Après la pluie de ce matin, le soleil est jaune comme un fruit d'eau et il a une odeur de cheveux d'enfant. On se sent fort à être dans la lumière et à respirer l'air mouillé. L'horizon est d'un bleu dur, vous aurez un hiver froid.

« Le soir je joue du piano. Au bout d'un moment, je sais que tes parents sont derrière moi. Ta mère elle-même consent à se lever. Tous deux assis sur le divan, ils sourient. Parfois ta mère me parle et me dit ce qu'elle aimerait que je joue. »

Tiène : le poids du ciel ensoleillé qui vous laisse écrabouillée par le songe. Une envie, une seule, toujours la même. Je voudrais encore tout recommencer, laisser derrière moi un sillage exemplaire, le faire vite, vite, avant la vieillesse, avant que je n'en aie plus envie. Mais en même temps, je sais que je n'en ai déjà plus envie, que je n'en ai peut-être jamais eu envie. C'est terrible. Il y a une consolation à ne pas pouvoir atteindre l'impossible. Il n'y en a pas à ne pas le vouloir. L'impossible même, à l'avance, m'ennuie. Je ne peux pas me le cacher.

Tiène. Je voudrais dormir là, contre lui, ne rien voir au delà de ses cheveux, de ses paupières mauves. Toute ma colère, la masser entre nos deux ventres unis qui travailleraient à nous entourer d'une épaisseur de silence, d'un calme. Mais Tiène est loin. Alors, à ce moment-là, j'ai envie de me recroqueviller, fermer les yeux, mourir pauvrement d'une mort de petit chien.

Peut-être faudrait-il forcer Tiène à m'épouser, ne pas le laisser repartir cet hiver, faire de Tiène un être de chance et de malchance, le faire choisir entre tous les mariages notre mariage, entre tous les empires celui perdu d'avance, chaque fois perdu d'avance, celui nommé le bonheur ?

La fenêtre est fermée. Je suis montée me coucher tôt et je n'ai pas sommeil.

Il y a dix jours que je n'ai parlé à personne, sauf une fois à l'homme à la cigarette. Le soir est extrêmement silencieux. Partout, tout autour de la chambre, le vent, la rumeur de la mer, des pas dans le couloir, des aboiements de chiens, en bas. Dans la chambre, un silence très épais et au milieu mon cœur qui bat. Il me reste mon cœur qui bat toujours, toujours. Près de la mer, en plein jour, c'est autre chose. On est dans la main de la mer. On est ce plaisir de la respirer. Dans un ordre qui ne sent pas, on est ce rien de désordre qui sent. Une chose à constater la mer. On goûte alors comme une gourmande le bruit de son cœur qui bat. Alors qu'il pourrait ne pas... Qui bat pour rien. Ou pour une raison qu'aujourd'hui ne contient pas. Qui bat pour rien. Car, chaque fois, aujourd'hui est un jour pour rien, qui n'aura pas son pareil. On est en vacances de soi-même qui ne sert à rien en attendant. Alors on existe pour le plaisir ; on est présente à ce présent ; les jambes n'y tiennent plus, elles veulent bouger et sont pleines de rires à secouer.

Dans la chambre, lorsque la fenêtre est fermée, autour de moi quatre murs m'entourent comme quatre questions, toujours les mêmes : Nicolas est mort et Tiène partira, les parents sont vieux. Et alors moi ? moi ?

Je me rappelle. Et évidemment, je suis atterrée. Comme si trois jours plus tôt... Alors, c'est chaque fois la même chose, laborieusement je me construis ma solitude, le plus grand palais de solitude qu'on ait vu, le plus impressionnant. Et je m'en effraie et m'en émerveille à la fois.

Des volets claquent. Le chien aboie parce qu'on joue avec lui. Les gens rient dans des oh ! des ah ! Je me dis : c'est vrai, je n'ai pas été conviée à rire. Je me le dis, bien que d'habitude je ne ris pas si facilement. Je pense aux morts qui autrefois étaient vivants. Pourtant si Nicolas vivait, s'il entrait dans la chambre en ce moment, il me gênerait. Mais je voudrais bien qu'il revienne puisque je sais que c'est impossible.

Il est bien trop tard pour commencer à vivre ou bien mourir, ou bien épouser Tiène. On est plus que vieille, plus que morte. C'est bien trop tard. Du moment qu'on sait maintenant que c'est vrai. Qu'on existe pour de bon. Que la mort au fond n'est pas aussi terrible que le manque à mourir. Qu'aimer Tiène est un commencement de pauvre solution à ce malheur qu'on aurait voulu au moins exemplaire. Qu'on a raté le plus beau ratage, la plus belle réussite.

Il reste l'ennui. Rien ne peut plus surprendre

que l'ennui. On croit chaque fois en avoir atteint le fond. Mais ce n'est pas vrai. Tout au fond de l'ennui, il y a une source d'un ennui toujours nouveau. On peut vivre d'ennui. Il m'arrive de m'éveiller à l'aurore, d'apercevoir la nuit en fuite désormais impuissante devant les blancheurs trop corrosives du jour qui vient. Avant le cri des oiseaux entre dans la chambre une fraîcheur humide, irradiée par la mer, presque étouffante à force de pureté. Là, on ne peut pas dire. Là, c'est la découverte d'un ennui nouveau. On le découvre venu de plus loin que la veille. Creusé d'un jour.

Je m'enfermerai dans mon palais de solitude avec l'ennui pour me tenir compagnie. Derrière des vitres glacées, ma vie s'écoulera goutte à goutte et je la conserverai longtemps, longtemps. Je dis : demain parce que c'est toujours demain seulement que j'entrerai dans les Ordres de la Solitude, que j'aurai l'air et les manières de circonstances. Pour le moment, je ne fais qu'en rêver avec la naïveté des jeunes filles.

*

Chaque jour, je pourrais mourir mais jamais je ne meurs. Chaque jour, je crois en savoir davantage qu'hier, juste de quoi mourir. J'oublie qu'hier c'était la même chose. Jamais je ne meurs.

Et pourtant, je sais bien maintenant : comment les temps s'annoncent, approchent, arrivent et nous enveloppent un moment dans leurs tourbillons, comment ils s'écroulent ensuite à peine les a-t-on lâchés pour l'autre temps qui vient. Cathédrales de vent. Ce monument du mois d'août, dont je croyais n'avoir pas trop de ma vie pour en faire le tour, n'est déjà plus qu'un des cailloux de cette pierraille de souvenirs que ma tête retient. Cathédrales de vent.

Sur toute ma surface je suis usée d'une usure pour rien, celle du temps qui a passé. Depuis vingt-cinq ans, le temps m'a dévidée comme un moulin. Et voilà que j'ai vingt-cinq ans. Et ce qui a été commencé une fois ne peut plus se recommencer. Je voudrais pourtant connaître encore ces premières promenades sur Mâ dans l'aurore, mais celles-là, les premières, pas d'autres ; appartenir à Tiène une nouvelle première fois, pas d'autre, dans cette chambre ouverte sur l'août alors que Nicolas vivait les dernières heures de ses derniers jours. Mais non. Je ne peux même pas m'éviter. Il m'arrive de me rencontrer, mais il n'y a plus de surprise possible. Même en usant à mon égard d'indifférence ou de grossièreté, je me reviens toujours, toujours plus fidèlement.

Je m'aperçois que je ne suis morte de rien. C'est pourquoi sans doute ma vie est ce marécage où je ne me souviens pas, en m'agitant, d'avoir produit autre chose que toujours le même clapotement d'ennui. Nicolas, même si j'exagère ma douleur de l'avoir perdu, je le sais bien que Tiène l'avait déjà remplacé. J'ai toujours trouvé le moyen de tout remplacer. Je me suis toujours tirée d'affaire juste à temps. Et pourtant, je savais ce qui m'attendait. Je ne le faisais pas exprès.

Phare blanc de ma mort, je vous reconnais, vous étiez l'espoir. Votre lumière est bonne à mon cœur, fraîche à ma tête. Vous êtes mon enfance. Je comprenais bien ce que vous vouliez dire, mais je ne me suis jamais incendiée à votre lumière parce que j'ai raté toutes les occasions de m'y précipiter. Je vous ai donné mon petit frère, cette torche de mon petit frère, et lui, vous l'avez entièrement consumé. Tandis que moi, je suis toujours là saine et sauve dans mes marécages d'ennui. Et il n'y avait pas, il n'y a pas d'autre route que celle que vous éclairez.

*

Parfois, il me semble que je voudrais presque apprendre la mort de Tiène. Je l'imagine : un matin on me le déposerait sur le seuil des Bugues. Il serait mort dans la nuit comme Nicolas. Ses joues seraient roses de froid, ses cheveux, dans le vent, bougeraient. Peut-être, pour commencer encore, je le croirais vivant, simplement endormi

171

au-dehors parce qu'on est au printemps. Je me vois approcher, je souris de la même façon que la veille : des idées à lui de passer la nuit dehors. Je m'approche encore et je vois que ses lèvres sont vertes et qu'à travers ses paupières filtre un regard qui ne regarde rien. Je prends sa main, elle se désintéresse de ma main, elle veut qu'on la laisse tranquille.

Alors, je cesse de pouvoir y penser. J'entends ce cri que je pousserais. Je serais jeune. Alors, il m'aurait servi de vivre pour nourrir de toute ma force ce cri-là. Je serais cri. Mon âge volerait en poussières et le monde, et le Bon et l'Infâme, et toute définition. Ah ! Je pourrais enfin mourir en un cri. Sans pensée, sans sagesse, je ne serais que ce cri de joie d'avoir trouvé à mourir en un cri.

Au loin, étincellerait l'avenir noir. Tiène serait éternellement mort, la mort de Tiène éternellement en fleurs sur les cendres du monde.

*

L'homme passe et repasse souvent devant moi sur la plage. Il porte le même costume de ville trop large et n'a pas de cravate. Les bords de son col sont sales et ses cheveux n'ont pas été coupés depuis longtemps. Son visage têtu est fermé sur sa bouche gonflée de silence. Ce visage est noir et souvent mal rasé.

172

Il est arrivé tout à l'heure devant moi et il m'a regardée de côté en marchant vite.

Il m'a dépassée et il est allé se cacher derrière un rocher un peu plus loin. Un moment est passé pendant lequel j'attendais patiemment qu'il sorte de sa cachette. Il en est sorti dans un maillot noir. Son corps, trop blanc et velu, il était évident qu'il en avait honte. Il n'y avait cependant personne sur la plage que moi, assez loin de lui. Il fallait bien qu'il traverse l'espace qui le séparait de la mer. Il m'avait dit qu'il le ferait. Il a couru très vite, tout seul sur la plage nue. Sur la plage lisse et ensoleillée où pas une ombre ne passait sauf la sienne, très longue et mince. Il courait par petits coups, puis marchait maladroitement sans se retourner, les yeux fixés vers la mer. Enfin, il y est arrivé et s'y est caché.

Je n'aurais pas cru qu'un tel homme puisse nager avec son corps lourd et honteux. Mais il est parti très à l'aise à la surface de l'eau. Après une courbe il est passé devant moi. Il m'a regardée et il a ri. Entre deux brasses il riait et son visage ressortait de l'eau, couché sur l'eau et démasqué par le rire. Plus de honte dans son corps agile et sa bouche s'était ouverte. Il était fier de bien nager, tellement, qu'il est parti très loin de la plage. Je me suis demandé pourquoi il riait en me regardant, il avait l'air de se moquer de lui. Peut-être était-ce parce qu'il avait trop de plaisir à nager.

La mer était assez forte et bientôt je n'ai plus rien vu de l'homme, ni son crâne noir ni ses pieds. J'ai pu le suivre des yeux un petit moment pendant qu'il avançait courageusement vers la haute mer. Puis, plus rien.

Il faisait assez chaud pour rester tranquille sous le soleil. Je m'étais allongée de biais face à la mer, la tête appuyée sur mon coude. Lorsque je n'ai plus vu l'homme, j'ai laissé tomber ma tête. Comme cela je voyais mieux la mer. Elle paraissait plus verte. Je ne savais que faire et j'ai appuyé mon oreille bien à plat sur le sable pour écouter quelque chose. On n'entend rien contre le sable, on se cogne à un silence bouché. Contre la terre on doit entendre grignoter les bêtes et crever les racines. Contre le sable, rien.

Les vagues arrivaient toujours par rangées régulières à fleur de mes yeux. Sempiternellement, elles arrivaient. Je ne voyais qu'elles, les vagues. Bientôt elles étaient ma respiration, les battements de mon sang. Elles visitaient ma poitrine et me laissaient, en se retirant, creuse et sonore comme une crique. Le petit phare éteint, sur la gauche, je ne le voyais plus, ni les rochers ni les maisons. Je n'avais plus de parents ni d'endroit où revenir, je n'attendais plus rien. Pour la première fois je ne pensais plus à Nicolas. J'étais bien.

Il n'y avait personne sur la plage Personne n'avait vu l'homme se noyer que moi.

Il faisait sur la mer une lumière très douce La mer montait. Le soleil n'était plus aussi chaud maintenant. Le soir allait arriver comme un événement et je l'attendais. Il allait arriver avec son cortège d'étoiles et de lunes en une chevauchée immobile au-dessus de la mer.

Lorsqu'il a fait sombre, j'ai cru revoir le souvenir de la petite trace noire du rire de l'homme près de moi. Je l'imaginais : il était descendu dans la mer très lentement, tout droit et déployé avec la somptuosité immobile de l'algue. Il était passé en quelques minutes de l'extrême hâte à l'extrême lenteur.

Il y a eu un moment de grande obscurité. La mer était d'encre et il a fait froid.

Je suis rentrée à l'hôtel.

*

Elle est bien arrivée la mort de Jérôme, mais Nicolas aussi est mort. Clémence est partie, Noël est abandonné. Les parents sont devenus quasiment déments, finis.

Il aurait pu m'arriver bien davantage, par exemple de mourir ou de perdre Tiène (ce qui revient au même). Évidemment on peut dire que c'est de ma faute. Mais quoi ? Dans tous ces événements, je reconnais mal quelle a été ma part. Impossible non seulement de retrouver la trace d'un remords mais de reconnaître dans ce qui est arrivé ce que j'ai voulu, ce que je n'ai pas voulu, ce à quoi je m'attendais, ce à quoi je ne m'attendais pas.

Nicolas sur les rails de chemin de fer : les gens n'ont pas osé nous l'apporter. J'y suis descendue avec Tiène dans l'aube de septembre. Ces trois morceaux d'homme, ç'avait été mon frère Nicolas. Difficile d'imaginer maintenant que je ne savais pas depuis toujours qu'il mourrait ainsi. Comment savoir ? Est-ce bien moi qui ai hurlé et couru stupidement pendant des heures aux alentours du corps de Nicolas ? Est-ce que vraiment j'avais oublié à ce point qu'il allait mourir ?

Il n'y a qu'à cette minute présente que je peux me considérer sans sourire. Hier encore, j'étais la plus naïve. Et le suis encore autant aujourd'hui, quoique différemment, de croire l'être moins. On laisse celle-là pour prendre celle-ci. Dans l'hiver, la naïveté de l'été ; dans l'été, la naïveté de l'hiver.

*

Dans deux jours je partirai d'ici. Je me suis levée tard et suis allée jusqu'au bout de la jetée, du côté du phare. La mer est houleuse. Le soleil est bon. On n'a pas froid. Sans être fatiguée, je

176

n'ai pas envie de marcher. Je me suis couchée sur le sable sec contre la dune et je suis immobile. Difficile de trouver une position de son corps et de sa tête. L'idée arrive, divagante comme une ivrogne, elle vous roule sous elle, des idées de Nicolas et de Tiène.

Je sais comment leur échapper. Je regarde mes genoux ou mes seins qui soulèvent ma robe et immédiatement ma pensée s'incurve et rentre en moi, sagement. Je pense à moi. Mes genoux, de vrais genoux, mes seins, de vrais seins. Voilà une constatation qui compte.

Aussi je suis venue ici pour contempler inlassablement ma personne. Entre mille autres c'est moi qui ai poussé dans le corps de ma mère et qui ai pris cette place qu'une autre aurait pu occuper. Je suis à la fois chacune de ces mille autres et ces mille autres en une personne. Puisque autant qu'on peut imaginer chacune d'elles, on peut imaginer que c'est justement moi. C'est comme indéfiniment remplaçable que je sais que je ne le suis pas. Puisque c'est toujours à partir de moi que j'imagine celles qui auraient pu être à ma place. Voilà ma définition la plus minuscule et la plus rassurante. Je suis réduite à l'impossibilité même que j'éprouve à penser ceci : qu'une autre pourrait être en ce moment étendue à ma place, au bord de la mer, et que ce serait la même chose.

Je vois le petit phare à un mille de là... Le soir,

il éclaire la mer. Je connais à l'avance le gardien, sa femme, l'enfant qu'ils ont. Le mari est à la table d'écoute au sommet de la tour. La femme tricote un bas. L'enfant dort. J'aurais pu être l'un d'eux. J'ai un vrai goût pour leur existence. De même pour celle de la serveuse de la pension, celle de Dora, la folle des Ziès, celle du cordonnier des Ziès qui tout le long de l'année, dans son échoppe, fait des souliers pour marcher dans les plaines de la Rissole.

Évidemment, j'attends quelque événement depuis que je suis à T..., sans doute le calme qui se fera lorsque je saurai qu'il ne faut rien attendre. Bien que je fasse ici chaque jour la même chose (invariablement, je vais de la mer à l'hôtel et de ma chambre à la mer), je suis tantôt joyeuse sans raison, tantôt, dès le matin, sans raison non plus flambée à une tristesse noire. C'est alors que je suis obligée d'écouter tous les beuglements de mes désirs.

Je voudrais que l'été soit en moi aussi parfait que dehors, réussir à oublier d'attendre toujours. Mais il n'y a pas d'été de l'âme. On regarde celui qui passe tandis qu'on reste dans son hiver. Il faudrait sortir de cette saison d'impatience. Se vieillir au soleil de ses désirs. Puisqu'il est vain d'attendre. Du moment qu'on attend toujours bien au delà de ce qu'on espère. Devenir distraite, joyeuse, lisse et belle à regarder. Plaire à Tiène comme une autre, toujours une nouvelle autre. Puisque je ne serais personne.

Si je pouvais m'ouvrir et me nettoyer d'amer, du vent, de mer.

Mais ma peau est scellée comme un sac, ma tête dure, pleine à craquer de cervelle et de sang.

*

C'est le lendemain matin qu'un pêcheur a retrouvé ses vêtements et les a portés à la gendarmerie. On a su tout de suite où habitait cet homme parce que toutes les fiches des hôteliers sont déposées à la gendarmerie. On est venu réveiller la patronne de l'hôtel de bonne heure. Quand je suis descendue, tout le monde en parlait. Il pleuvait et les gens n'avaient rien d'autre à faire. Sans rien savoir de sa vie, chacun avait beaucoup à dire sur cet homme. Il y avait quinze jours qu'il était arrivé. C'était la seconde fois qu'il était descendu ici. Les bonnes s'en souvenaient bien. Elles disaient que c'était un homme charmant, toujours content et tranquille. Moi je ne m'en souvenais pas comme d'un homme charmant, son visage était dur, il disait peu de choses et la plupart du temps, d'entre ses camarades, c'était le plus silencieux. Il est vrai qu'on peut paraître charmant à un hôtelier pour ces seules raisons.

L'année dernière il était venu vingt et un jours. Les bonnes comptaient : cette fois-ci cela en faisait quinze, quinze à peine puisqu'il était mort dans la nuit. C'était tout à fait extraordinaire qu'hier soir, personne ne se soit aperçu qu'il n'était pas rentré. Quel coup cela avait fait à la patronne lorsqu'au matin on avait rapporté les vêtements de son client ! Tous ses autres clients se pressaient autour d'elle. Pas mal de gens s'étaient noyés par là. Elle les racontait tous, depuis les plus anciens jusqu'à ceux de l'année dernière, dans le détail de leurs vies et de leurs noyades. Il y avait ceux qu'on avait retrouvés, ceux qu'on n'avait jamais retrouvés, ceux qui étaient tout seuls, les vieux, les jeunes, surtout les jeunes pour lesquels c'est si dommage. Les clients, eux aussi, avaient vu se perdre des gens sur toutes les plages de France. Ainsi, en l'espace d'une demi-heure, on a passé en revue une bonne vingtaine de noyés. Puis, la conversation s'est épuisée d'elle-même et les gens ont commencé à regarder par les fenêtres le temps mauvais.

J'ai bien attendu vingt minutes que la bonne m'apporte mon petit déjeuner. J'étais dans mon coin toujours à la même place. La mer était basse et grise. Dans la brume, une petite barque est passée et a disparu.

Je pensais que j'irai sur la plage de bonne heure malgré la pluie. Depuis quinze jours je ne faisais que ça, aller sur la plage, revenir à l'hôtel, ensuite y retourner.

Quelques clients sont venus auprès de moi. Ils me connaissaient un peu pour me voir là. Tous les matins ils me demandaient des nouvelles de ma santé. Je leur disais que j'allais bien. Mais ils recommençaient chaque jour. A me voir seule, ils croyaient peut-être que j'étais là parce que j'étais malade ou encore pour me consoler de quelque malheur.

L'un d'eux m'a parlé du noyé avec une discrétion un peu attristée, une voix douce; c'était un très jeune homme qui avait une chemisette rouge, un air poli. « Justement vous savez, il m'a demandé où vous vous baigniez. Je vous avais vue partir sur la gauche comme d'habitude, du côté du phare, je le lui ai dit. Je ne le connaissais pas, mais il semblait timide et vous-même vous ne disiez rien... Je l'ai vu partir de ce côté, il n'a pas dû vous trouver... »

Ce jeune homme était avec une jeune femme blonde qui a hoché la tête d'un air de dire : « Oui, oui, c'est ainsi, la vie est ainsi, toute bête, c'est comme ce jeune homme vous le dit si bien... »

Sur la table à côté, les vêtements de l'homme avaient été jetés pêle-mêle, des vêtements gris à raies noires, aux doublures salies de pluie et de crasse; leurs formes mollement gonflées rappe-laient des mouvements perdus. Tout avait été sorti des poches, le portefeuille et les papiers épaissis et boursouflés d'eau sur lesquels s'étalait l'encre. L'homme s'appelait Henri Calot, il était représentant en confiserie, c'était vrai ; il avait été marié deux fois et il avait deux enfants, Jeanine et Albert. Ces papiers avaient l'odeur du hasard, ils sentaient le papier mouillé jeté dans les ruisseaux, ils avaient l'aspect du hasard ; chacun les contemplait avec stupeur, tant cela était simple. Ces gens ne désiraient pas que ce soit si simple, si évidemment simple. Ils entouraient les restes de l'homme, fumant de passion, humant de toutes leurs narines ce que cette mort pouvait déceler d'épouvantable et de rassurant.

Les lettres et les photos furent enfermées avec précaution par la patronne de l'hôtel dans une enveloppe toute neuve. Elle faisait ça comme quelqu'un d'expérience qui sait hautement pourquoi. Il n'est plus resté sur la table que la carte d'identité gonflée de cette pluie douceâtre et légère qui depuis hier tombait, dont le carrelage était trempé et qui ankylosait ces hommes de pensées et de paresse.

« Voyez-vous, vous ne l'aurez pas vu... » a répété le jeune homme.

J'ai dit que oui, je l'avais bien vu. Tout le monde est venu m'entourer parce que j'étais la dernière personne au monde qui avait vu cet ancien vivant.

« Vous l'avez vu se baigner ? » J'ai dit que oui, ma foi sans y penser beaucoup, qu'il était parti devant moi.

Alors on m'a regardée. Ma robe à manches longues, salie, mes cheveux mal coiffés, mes mains abîmées, j'ai vu, on a regardé. Ces détails expliquaient sans doute beaucoup de choses. Autour de moi, il s'est trouvé une dizaine de visages immobilisés par la curiosité. Je me suis aperçue que les gens attendaient que je parle et j'ai compris qu'ils ne me saisissaient pas très bien : si je n'avais rien dit, je me réservais sans doute, mais maintenant je parlerai pour mieux les étonner, voilà ce qu'ils croyaient. J'aurais dû me taire, je ne trouvais rien à dire et je me sentais rougir. A mesure que je me taisais s'étalait sur leurs visages en une tache de plus en plus visible une même expression qui les faisait se ressembler.

J'aurais dû me taire.

« Vous n'avez pas vu qu'il se noyait ? a dit la patronne, vous n'avez pas compris ?... »

La mer était là, derrière les carreaux. J'aurais voulu y disparaître tout à fait. Si j'étais partie, ces gens m'auraient retenue.

J'ai dit que je ne savais pas, qu'en réalité je n'avais pas vu cet homme se noyer précisément ; a un certain moment je ne l'avais plus vu il est vrai, mais sait-on jamais, sait-on qu'un homme se noie pour la seule raison qu'on ne le voit plus ? Peut-être avait-il changé de direction, peut-être nageait-il si bien qu'il était allé très loin et que je ne pouvais plus le voir. Je n'avais pas cherché à le voir, c'était bien ça, je ne l'avais pas suivi des yeux et ainsi le moment où il avait disparu m'avait échappé.

« Mais pourquoi ne pas avoir appelé ? Pourquoi ? » J'ai répété que c'était inutile parce que lorsque je m'en étais aperçue, on ne le voyait plus, que c'était inutile et que, d'ailleurs, il n'y avait personne sur la plage que moi qui ne savais pas très bien nager.

« Pourquoi n'avoir rien dit ? rien fait ? pas crié ? » J'ai répété les mêmes choses, que c'était complètement inutile, qu'au moment où j'avais vu cet homme pour la dernière fois, il était bien tranquillement en train de nager et que je l'aurais dérangé en envoyant quelqu'un le chercher. Visiblement, c'était un très bon nageur et comme il voulait le paraître à mes yeux (d'après ce que disait le jeune homme), je l'aurais froissé en lui envoyant du secours. Peut-être à ce moment-là aurait-il moins bien nagé et se serait-il noyé d'une façon bien plus terrible, dans le désespoir de me déplaire. Je me rendais compte que tout ceci ne tenait peut-être pas debout, mais je le répétais, c'était inutile d'appeler, il n'y avait personne, absolument personne sur la plage que moi qui ne savais pas très bien nager.

Ces gens n'étaient pas satisfaits de mes explications. C'était comme si je n'avais rien dit, il fallait toujours répéter les mêmes choses. Ils continuaient à me questionner sans m'écouter et je sentais qu'aucune réponse n'aurait pu les satisfaire.

Je n'ai plus répondu. Ces gens-là, je ne les connaissais pas. Or, je me sentais rouge comme s'ils m'intimidaient. Je me suis efforcée d'être calme, de chasser ce sang, cette honte de ma figure. Je suis sortie.

Je me suis promenée une dernière fois le long de la mer. Aussi loin que l'on pouvait voir, il n'y avait personne sur la plage du côté du phare. Il tombait une pluie fine et giclante, celle qui gerce les lèvres, brouille la vue. Le vent la rassemblait par paquets et me la jetait à la figure, m'empêchant de marcher, de respirer. Ceci n'était pas fait pour nous, cette pluie et ce vent complices, cette mer dévergondée. L'air était brutal et soufflait dans tous les sens, on ne pouvait pas se mettre dans le berceau de vent et marcher avec lui ou même le respirer. Il vous manquait tout à coup, sous le nez. C'était pire que la colère. Une fête à laquelle vous n'étiez pas conviée.

Je me suis abritée contre un rocher en retrait et je me suis assise. J'ai été ailleurs tout à coup, loin. J'ai été mieux. Mes joues étaient froides maintenant lorsque je les touchais. Des paquets de pluie emportés par le vent passaient au-dessus du rocher mais sans m'atteindre. Mes mains sur ma figure avaient l'odeur du froid, je ne les reconnaissais plus. Je crois que j'étais triste. J'ai pleuré. J'aurais voulu ne plus jamais repartir de cet endroit, plus jamais de ma vie. J'ai pleuré parce qu'il me fallait repartir.

*

Il devait m'arriver quelque chose. J'attendais que surgisse un matin quelque événement qui me guérisse définitivement de l'attente ridicule qu'était devenue ma vie depuis que j'étais à T... Mais il y a quinze jours que j'y suis et rien n'est arrivé.

La patronne m'a dit tout à l'heure qu'elle ne pouvait plus me garder après l' « incident d'hier ».

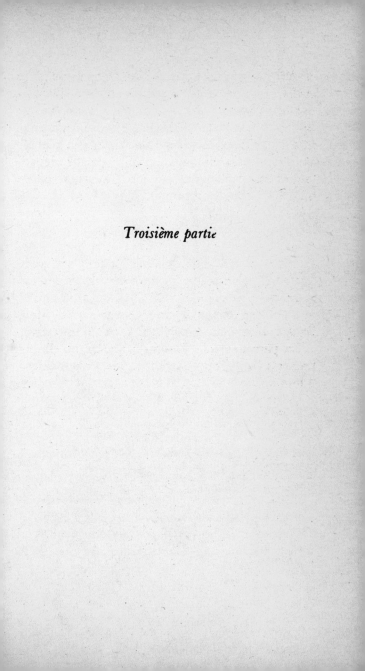

Troisième partie

Retour

Neuf heures du soir à la gare des Ziès sans avoir
prévenu Tiène. Il pleut et la nuit est bien noire. En route
pour les Bugues (je compte) : dix-sept et quinze, trente-
deux jours depuis la mort de Nicolas. Quinze depuis mon
départ pour T... Les gens ont bien fait de me mettre à la
porte de la pension. Depuis hier, il pleut sur la mer, ici
aussi, une bruine fine a arrêté le vent et tombe patiemment,
sans bruit. L'octobre est en train de brasser la pâte de
l'hiver. Il y en a pour toute la durée de la nouvelle lune ;
justement celle-ci vient d'apparaître entre d'épais branchag-
es de nuages qui s'écartent avec lenteur. On n'a pas voulu
de moi à T... à cause de ce noyé. Il y en a tous les jours des
dizaines mais il a fallu que je sois là pour le voir. C'est
vieux déjà, bien que d'hier. La patronne de la pension
avait un air méprisant. Un air de devoir. J'ai eu peur.
Qu'on me devine. D'en avoir trop fait et qu'on découvre
qui je suis. Qu'on puisse savoir qui je suis, le dire. J'ai
pensé aux malheureux assassins qui en apprennent tant sur
eux-mêmes, tant, à se dégoûter tout à fait. Elle avait une
lourde poitrine, trop serrée dans un soutien-gorge qui

l'étouffait. Le commencement de ses seins remontait en deux croissants renflés. Une rougeur sur sa gorge et ses yeux fuyaient : « Après ce qui s'est passé, je ne peux pas vous garder. » Parce que je n'ai pas appelé : on doit appeler dans certains cas même quand c'est inutile. Non pas que je n'en aie pas eu l'envie pendant une seconde ou deux. Mais c'était calme, calme. Dans mon ventre aussi et dans ma tête, sous ce soleil, rien n'entendait bouger. Pas comme en ce moment-ci. Marcher me fait penser, et j'ai l'idée que ce froid dans le dos, c'est de la fièvre. Quand Jérôme avait de la fièvre, il me demandait le notaire. Moi aussi, un jour. Cet homme se noyait. Je l'ai vu, comment se noie un homme, j'ai vu. C'était calme, il est parti sur la mer. La mer, dans ses bras, dans ses jambes, ramassée : bien que je lui aie dit que c'était dangereux. Il se noyait, mais de si loin, dans une petite image, dans un coin de mes yeux qui restait encore éclairé par ce grand soleil où tout le reste clignotait dans l'ombre. « Tu n'as pas l'air de le voir, tu le vois, il est en train d'étouffer contre l'eau qui lui visse la poitrine et peut-être il te regarde. » Bah, ça a duré rien, trois minutes. Je l'ai vu, et je ne l'ai plus vu. « Il est noyé, ça y est. » Je n'ai pas menti aux clients de l'hôtel. Ça y était. Rien à ajouter. C'est mieux que dans son lit. D'en finir au moment où l'on nage contre le vent, à la crête des vagues. Je sais bien ce qu'il a dû penser : « Je n'ai pas le temps de mourir. Bien sûr, je reconnais qu'il le faut. Mais laissez-moi encore quelques minutes pour que je prenne le temps de bien mourir. » Dans le bruit, un bruit de tous les côtés, dans l'eau, l'eau dans les oreilles, le vent, l'eau, le bruit, le désordre insensé, le désordre mêlé au désordre « Laissez-moi une minute sortir mon thorax de l'eau Après, je voudrais, après, oui mais avant, respirer une longue, interminable lampée d'air bleu. Laissez-moi mourir à force de respirer. Après, après oui, mais avant je supplie les hommes, le ciel ! De grâce, une bouffée d'air, j'ai le droit, le droit de respirer encore une fois ! » Je reconnais que tout ceci se passait quelque part, près de moi. Il faisait beau. Pas comme maintenant. La pluie ne finira jamais. Lorsque le mauvais temps débute en septembre, il dure. Pas de lune, du moins on la devine mais derrière le ciel épais. Elle aussi manque d'air, mais de l'autre côté de la pluie, en hauteur, le calme. Les avions peuvent y passer. C'est ainsi qu'ils évitent la pluie. C'est Jérôme qui me l'a dit. Je me souviens de Jérôme. Il se levait, il s'étirait et faisait des mouvements de gymnastique dans la cour. Le matin aux Bugues. L'hiver. Il faisait beau. On venait de prendre un café qu'on sentait chaud dans l'estomac lorsqu'on sortait dans le froid.« Dire qu'il y a des gens dans des bureaux qui grattent le papier et qui ignorent un jour comme celui-ci », disait Jérôme. Il faisait de l'exercice pour ne pas vieillir ; c'était bien la peine pour mourir d'un coup de poing. Mais ensuite, il n'allait pas travailler et rentrait se chauffer. C'est ainsi que j'ai appris qu'il existait des menteurs, des gens qui mettent le nez dehors et se contentent de faire de belles phrases. Parlent du jour si beau pour ensuite s'enfermer et se chauffer. Il mentait, mentait toujours. Lorsque je le voyais, le jour se vidait ; alors je me rappelais qu'il

191

déclinerait et que le soir ne manquerait pas de venir comme hier. Je me rappelais tout. J'évitais de passer par la cour et contournais les dépendances, mais de penser à l'éviter m'éreintait tout autant que de le voir. Mais Nicolas, lui, quand je l'apercevais, c'était bien différent. Ses cheveux, ses yeux, ses dents, brillaient dur dans le matin. Il s'approchait de moi et souriait, disait qu'il allait labourer en bas : « T'as froid, Françou ? » A côté de lui, Mâ traînait la charrue vide. Tant de joie, tant, à le revoir. Avec cette figure-là qu'on ne reconnaissait jamais tout à fait. On n'a jamais parlé ensemble. On a toujours attendu le moment où on se parlerait tous les deux. Où on se le dirait qu'on s'aimait, qu'on se plaisait. Mais maintenant seulement j'aurais pu lui dire, maintenant qu'il est mort et que ça ne sert plus à rien de le pouvoir. Avant, j'aurais jamais osé. Il était droit Nicolas, sa poitrine était lisse et bombée dans le vent. Le soir seulement il songeait à Luce et devenait triste. C'était mon frère. On n'en a jamais qu'un. Maintenant, il est mort, tranquille. La terre est chaude pendant l'hiver. Nicolas doit être au chaud. Il doit lui rester ses dents. Ses yeux ont crevé. Quand j'y pense, quand j'y pense que ses yeux ont crevé, ses yeux violets comme le secret, mouillés, cillés, ses yeux qui voyaient, ses yeux parfaits. Quand j'y pense, ah ! un grand coup dans le fond du fond de mon ventre, pas une minute de plus je ne vais pouvoir vivre sans Nicolas. Mais c'est rare, je n'y pense jamais tout à fait comme je viens de le faire. Même c'est une honte. Mais il n'y a pas de honte. Tout est bien, ceci qui arrive, même de penser à une chose ou à une autre. Il ne faut pas avoir peur de ses pensées, de rien. Du moment qu'il est mort lui, Nicolas, on peut être tranquille. Il ne faut plus avoir ni peur ni honte. Maintenant, il est au chaud dans la terre chaude. C'est Jérôme qui expliquait que la terre est chaude. Il savait beaucoup de choses. Décidément, je lui dois beaucoup de connaissances. On aurait pu le prendre autrement. Écouter ce qu'il disait. Jamais on ne l'a écouté. On aurait dû. Ce qu'il disait me semble juste maintenant, tout aussi bien, chacun aurait pu le dire. Ce qu'il voulait, c'était d'être écouté. Et tout le monde le méprisait. Lorsqu'à table il disait quelque chose, chacun faisait mine de manger avec appétit. Même quand il n'y avait que des choux que personne n'aimait. Il faisait exprès de se taire longuement pour qu'on soit pris de court par sa voix et qu'on l'écoute. Et il disait les choses d'une façon qu'il aurait voulue amusante, étonnante. Sous forme de questions : « Sais-tu, Nicolas, comment j'ai gagné mon premier galon à la guerre ? » Ce qu'il voulait, c'était nous plaire, plaire qu'à nous. Les autres ne l'intéressaient pas. La haine, c'était bien ça. Impossible de trouver, d'écouter, de loger un de ses mots dans notre tête. Surtout à table lorsque Jérôme mangeait, on le haïssait. Je suis dégoûtée qu'on ne l'ait pas écouté davantage. Parce qu'il ne travaillait pas et qu'il mangeait avec appétit la nourriture que nous lui donnions. C'est un sale voleur, pensait-on, et content de lui encore. Je crois qu'il ne le savait pas, il était un voleur sans le savoir. S'il était là, je lui dirais un mot gentil. J'expliquerais à Nicolas. J'aurais dû lui dire. Qu'il n'y a

193

pas de haine qui tienne. Qu'on doit les écouter, tous, les menteurs aussi. Maintenant, il ne bavarde plus, il ne bavardera plus, ne bavardera plus jamais. Qu'au moins une fois on l'ait écouté. Mais non, jamais une seule fois. Clémence l'aura fait, je suppose. Tant mieux, d'y penser me fait plaisir. Encore trois kilomètres à marcher. C'est long. On est maintenant en octobre. Il y a eu le dernier octobre. Un soir, nous étions dans la cour, mère avait dit : « Les jours commencent à se faire bien courts, il fait froid. Déjà. » Et Nicolas avait proposé de rentrer et de faire du feu. Le premier feu de l'hiver. Jérôme était là et Clémence dans un coin berçait Noël pour la première fois dans l'octobre. Il y aura le prochain octobre, et d'autres. Toujours d'autres. Encore ces trois kilomètres à faire. Si je rencontrais le médecin de Zies je lui ferais signe, il s'arrêterait, je monterais dans sa voiture ; il y ferait chaud à cause de la chaleur du moteur, tout à coup. Je voudrais y rester longtemps. Qu'il aille lentement et que ces trois kilomètres soient lentement accomplis. Ainsi, ces frissons dans le dos passeraient. Peut-être que je vais être malade une bonne fois. Deux mois de lit. Je serais faible. Tiène me soignerait. Dans ce cas, je prendrais la chambre sur le parc, on ferait du feu dans la cheminée, je mettrais ma plus belle chemise de nuit. Le docteur. On ne sait pas ce qu'il pense de nous, ni les fermiers d'alentour. Depuis la mort de Nicolas et de Jérôme, le départ de Clémence et celui de Noël et la folie des parents. Ils le savent, sans être venus aux Bugues. Tout se sait. Ce qu'ils ne savent pas c'est à quel point je me fiche d'eux. Je voudrais être bien tranquille dans un endroit chaud et ne plus bouger. Par exemple, près du feu dans l'atelier, ou nue contre Tiène, sans bouger, dans mon lit. Mais demain je ne serai plus fatiguée, j'aurai oublié, faudra s'occuper des métayers. Cette idée que de nouvelles personnes sont aux Bugues, que ça va recommencer... Je m'ennuie. Il faudra bien que je les commande. Je n'ai jamais su. Ce doit être plus fatiguant que de travailler. Demain, après-demain, recommencer à travailler, toujours la même chose. Il y a des gens riches et d'autres pauvres. Je serai toujours pauvre. J'ai un corps fait pour le travail, bien constitué, bien portant. Il faut bien qu'il y en ait en ce moment : des gens qui marchent sous la pluie avec une valise à la main, des cheveux dans la figure, de vieux souliers éculés et, dans le corps, un ennui. Mais aussi une aise dans l'ennui, dans la pluie. Travailler aux tabacs, à cinq heures du matin, dans la gelée, alors que les doigts sont verts et craquants. Au fond, il ne me déplaira pas de recommencer, on n'est pas fatigué. C'est bien le contraire. En bas, la Rissole coule et il y a un petit soleil mousseux et blanc qui va se lever. Au fond, il y en a de bons jours. Vite, vite qu'ils poussent les bourgeons, qu'on aille les couper dans l'Avril. Mais non, non, il n'y aura plus de bons jours, je ne sais pas pourquoi. Tout de même, ce que je voudrais ne plus avoir de frissons le long du dos. Voilà que je recommence à y faire attention, on n'en sort pas. Quand je me remets à penser à quelque chose, je pense aussi que je recommence à y penser. Si je trouvais un trou dans la falaise à l'abri de la pluie, je m'y mettrais ; il y en a un, un peu plus loin avant le tournant. *Mais si je m'arrête, j'aurais froid tout à fait. Il vaut mieux arriver aux Bugues. Je ne sens plus que je marche, c'est comme la respiration à la fin. Préférable d'arriver aux Bugues pour ce qui est d'avoir froid. Pour le reste, je ne serai jamais plus à mon aise nulle part, jamais plus bien, jamais à mon travail. Je le crois en cette minute même, il n'y aura plus de beaux jours. Mais ce n'est pas vrai. Comme si je ne le savais pas que c'est faux. Demain j'aurai oublié. Dommage d'oublier tout et tant mieux. Dommage et tant mieux, voilà exactement, je ne sais plus comment on pense. Je ne sais pas pourquoi, dommage et tant mieux : c'est la dernière de mes pensées. Le vent l'a emportée, elle lui appartient comme la dernière plume d'un oiseau mort. Plus rien à penser maintenant. Rien. Ma tête est fraîche, vide tout à coup. Dans ma cervelle, on dirait que la pluie coule. Que le vent l'emporte cette dernière pensée, sur un chemin. Demain quelqu'un l'écrasera, au matin, d'un pied léger. Il n'y a plus de place dans ma tête que pour le bruit de mon pas. Je l'entends bien dans l'immense souterrain de ma tête comme de tous les côtés, d'une ferme et d'ici aussi, paf, pas, mon pas. C'est mon pas à moi, je l'entends bien. Je vais bien l'écouter, je vais y penser pour arriver plus vite à la maison. Pjrr... pjrr... pjrr... Deux par deux, ou trois par trois, ou quatre par quatre. On ne sait pas quel est le pied qui suit l'autre. Suivant que je pense au gauche ou au droit, c'est le gauche ou le droit. Il aurait fallu savoir par quel pied j'ai commencé à marcher étant bébé. Que ce moyen-là de savoir, sans ça on triche, forcément. On fixe un pied, puis* *l'autre pied fait un pas, mais celui qui s'est fixé a fait aussi un pas. On finit par faire du chemin. Têtues, les jambes. Bien fait, c'est comme les bras, les miens sont forts, quelquefois je labourais. Dommage qu'il y ait des métayers, on ne va plus pouvoir faire ce qu'on voulait. Au fond Tiène en essayant de tout arranger, il n'a réussi qu'à m'empoisonner la vie avec ses métayers. Plus moyen de labourer ou de jouer avec Clément à abattre un arbre. Mais ce sont des idées, on peut toujours. Suffit de savoir s'y prendre. La valise est lourde. Elle me tire le bras gauche. Tout ça c'est de la faute aux parents qui se sont installés ici. On a perdu sa vie à faire ce trajet, Nicolas et moi, pour un paquet de café ou une livre de sel. Une fois par semaine on y allait pour le marché mais c'était trop pour ce qu'on avait à y acheter. Maintenant, il y a le cimetière, faudra porter des fleurs aux Jérôme et Nicolas. Deux morts d'un coup, tout de même c'est beaucoup. C'est rare. Je n'irai pas souvent leur porter des fleurs c'est trop loin, jamais je n'aurai le courage. Restent les parents à soigner, à essayer de conserver. Tout de même maman était bonne à embrasser. Papa, c'est injuste. Je voudrais encore le garder pour le gâter et qu'il me lise le soir l'*Homme à l'oreille cassée*, comme quand j'avais la scarlatine. Personne ne sait comme il est bon. Avant qu'ils ne meurent, je voudrais pouvoir leur donner un peu de bonheur, leur faire du bon café et des galettes ; avec un peu d'argent, je leur achèterais une auto, on les ferait se promener tout le temps ; ils sont si curieux de regarder, ils ne penseraient plus à Nicolas. C'est vrai que Tiène leur* fait de la musique. Mais le soir seulement, alors toute la journée ils attendent dans leur lit que le soir vienne. En ce moment il doit jouer du piano, je ne veux pas penser à lui. Tiène. Dans quelques heures il sera dans mon lit, frais et lisse. Tout à l'heure, mais c'est si loin, jamais je n'arriverai aux Bugues. Ce qui fait ma peine fait son bonheur, d'être vivant. Il s'est bien arrangé pour vivre commodément. Avec des idées de ses livres et de sa tête, il s'est arrangé pour trouver de bonnes raisons d'être heureux. Il a songé à tout, au pire même qui est d'avoir à sa disposition une petite année de vie. Il sait qu'il est jeune. Et aussi qu'il est vieux. Il sait qu'il est Tiène. Et aussi ressemblant aux autres créatures. Il sait qu'il doit mourir. Et entoure amoureusement sa mort, de ses deux bras vivants. A l'intérieur de ses bras, ah! je pourrais dormir comme dans un puits d'été, à force de bonne volonté de mourir. De là, on écoute passer les nuages, dans la mousse, si douce, dans le nid de ses bras. Il a essayé en vain de croire dans tous les dieux. Alors, il était triste (sans doute c'est ce qui a dû arriver mais je ne sais pas au juste, je sais seulement qu'il y en a qui ne peuvent s'en passer et Tiène était de ceux-là). Puis, il ne s'est décidé pour aucun et il est devenu joyeux. C'est quand il est joyeux précisément qu'on comprend qu'il a été triste autrefois et soucieux des dieux. Car ne devient pas innocent qui veut, ne rit pas qui veut, indistinctement, de ce qui est sérieux et de ce qui ne l'est pas. Quand il dort, je sais. Ses paupières sont violettes et sa bouche est tirée; à ce moment-là, il se souvient. De ses vieilles défaites. De son enfance déjà

198

défaite. Il est beau. Mais aussi il est très bon et son intelligence est grande, vous êtes dedans : une petite paille sur un fleuve. De quelque côté qu'on le prenne, il est le mieux de tout ce qu'on a vu. Il vous glisse des doigts comme un poisson. Comme un poisson. Il veut toujours partir pour les voyages. S'il me disait où, je serais bien déçue. Qu'il parte, qu'il parte, partira, partira. Jamais je ne me déciderai, moi, pour les voyages, pour les livres. Ce serait dommage de beaux voyages pour moi toute seule. Mes pieds sont chauds et gonflés dans mes souliers mouillés ; j'ai déjà des ampoules au talon mais je ne les sens pas, demain, je les sentirai quand elles seront crevées. Mes mains : deux lourds paquets au bout de mes bras. Je suis lourde. Tout ce que je pense reste, trépigne, se mélange. Pas une idée ne chasse l'autre. Le désordre. L'ordre aussi, elles viennent chacune à leur tour, on ne peut pas dire le contraire, par exemple : j'ai choisi de rester aux Bugues pour toujours. Aussitôt après, il n'y a pas un coin du monde où je ne voudrais pas ne pas aller. La paresse. Je me dis que ce n'est pas la peine. Que d'autres que moi sont mieux indiquées pour s'en aller. Aussitôt après, je sais que non. Que personne n'est mieux faite que moi pour s'en aller. Une fois pour toutes je voudrais me décider. Je voudrais choisir de me dégoûter. Et pouvoir sourire. Je voudrais choisir de m'aimer. Et pouvoir sourire. Pourtant elle existe. Elle existe celle-que-j'aime et qui me plaît. Pour laquelle j'ai cette tendresse que j'ai pour tout le monde, le premier venu. Je voudrais la mettre à l'abri de ma tête. La trouver, l'apprivoiser, la

donner à Tiène. Lui donner de beaux enfants qui lui
têteraient les seins. Elle serait assise sur le printemps.
Ah! je voudrais qu'elle rie, rie, assise sur le printemps. Il
faudrait la surveiller contre ma sacrée tête, vieille vicieuse
de tête, vieille, vieille. Celle que j'aime se défend. Elle est
restée timide comme les demoiselles qui n'ont pas encore
servi. Peut-être qu'on ne la sortira jamais dans le
printemps. Jamais. On la couchera alors, on la rangera
auprès des morts tranquilles, bien au chaud. S'il y avait
quelqu'un à côté de moi, je lui raconterais tout. Pour voir
s'il y en a d'autres. S'il y en a beaucoup d'autres comme
moi ou une seule. Qu'il parte, Tiène. Je n'en aurais plus
de peine. Plus rien ne me fera de la peine, une fois qu'il
sera parti, je pourrais être tranquille. Je ne me demande-
rais plus s'il va partir ou non. Bien au chaud dans
l'atelier. Je voudrais être déjà arrivée aux Bugues pour
commencer tout de suite, tout de suite, pour la vie.
M'asseoir près du feu pour la vie. J'y resterais, je
n'oublierais jamais ce soir-ci. Tout de même parfois je
mourrais volontiers. C'est comme si je découvrais que je
suis jeune, encore. Les morts, il y en a partout allongés
dans de frais et chauds cimetières. Moi aussi, un jour.
Allongée avec ma raie sur le côté dans mes cheveux et ma
cicatrice sur ma main gauche. Celle que je me suis faite en
voulant tailler un sifflet à Nicolas dans une tige de
sureau. Il y a longtemps. Mais elle ne passera pas. Sur
ma main morte, elle restera. Désormais cachée. Personne
ne le saura. Je voudrais m'arrêter de penser. Cette route est
longue. Pourquoi les Bugues? Je voudrais en même temps

les quitter pour toujours et y rester. Oublier la disposition des casseroles de cuivre dans la cuisine, oublier de les faire reluire le samedi après-midi. Parce que je voudrais ne plus rien avoir qui me fasse encore plaisir. Je voudrais être la plus seule. Je suis la plus abandonnée. La plus lourde, avec mes pensées. Bien qu'elles soient en désordre, je m'en arrange. J'y suis habituée. Déjà je les reconnais à chaque fois, chacune avec son petit visage de souris. Il n'y en aura plus de nouvelles. On l'aura la vie tranquille. J'ai fait le tour de ma tête. C'est la plus lourde. Personne ne le sait. Je suis la plus à plaindre, pareille à tous, la plus à plaindre. On s'en fiche d'être la plus à plaindre, la moins à plaindre. On l'aura la vie tranquille, on l'aura. J'aime la pluie. Il suffit de bien lui tendre la figure et d'ouvrir la bouche. J'aime bien que les gens soient morts, j'aime bien ces frissons dans le dos. Mes ampoules au talon, je les aime. Toutes mes histoires. On l'aura la vie tranquille. Ah ! voilà le cimetière de Ziès. Y dorment le petit Nicolas et le vieux Jérôme. Je n'ai pas assez aimé Nicolas, jamais assez. J'aurais dû mieux le garder, le soigner. Il y a un siècle qu'il est retourné à la mort. Je voudrais bien embrasser la place vide de ses yeux. Les humer, ses yeux crevés, jusqu'à reconnaître l'odeur de mon frère. Ça me ferait du bien, me réchaufferait, me donnerait une jeunesse. Hélas, le cimetière passé, Nicolas devient de plus en plus petit à penser et la route est longue après le cimetière. Tout de même, ses yeux chauds. Le vent est froid et, sans mon frère, je redeviens une vieille roulure dans le vent, lui-même, vieille roulure. Nicolas encore. Toujours je repense à Nicolas. Quelquefois j'ai envie de jurer tout haut mais ça ne servirait à rien, toujours j'y repenserai, encore et encore. Il est mort. Il y a de cela trente-deux jours et maintenant il n'a plus à mourir, tout est silencieux. Plus jamais il ne mourra encore. C'est fait. — Et moi, de marcher, d'ajouter les jours aux jours depuis sa mort, sans le vouloir, sans pouvoir faire autrement. Parce que j'ai pas envie de mourir. Déjà trente-deux jours passés qu'il n'aura pas vus, l'automne si roux, si moelleux de pluie, de boue. Et moi je marche, je ne sais pas pourquoi, ce qu'on veut encore de moi. Ce qu'on veut que je fasse encore demain. Non rien n'est bouché tout à fait à ce qui n'est pas encore mort. Dans demain j'aurai ma place aussi. Que je le veuille ou non. Et jusqu'où on me mènera à travers les jours et les jours, je l'ignore. Je pourrais essayer de m'arrêter là sous la pluie et refuser d'avancer mais ça ne servirait à rien. Ce serait toujours une place pour moi, une façon de place. Si Nicolas avait pensé à ça, il n'aurait pas pris la peine de souffrir pour Luce et pas pris la peine de se tuer. C'était un petit sot. Mais je voudrais bien l'embrasser. Ah! le tenir serré une bonne fois. Je suis vieille. Du moment que je ne pourrai plus jamais l'embrasser, je suis vieille de toutes mes années futures. Depuis ce séjour à T... j'en suis sûre. Tous ces drames et puis celui-là, ce noyé. Je me suis surchargée de drames, partout ils ont éclaté, de tous les côtés. Et j'en suis responsable. Du moins on pourrait le croire, mais moi, je sais que ça m'est égal. Il n'y a rien à faire contre l'ennui, je m'ennuie, mais un jour je ne m'ennuierai plus. Bientôt. Je saurai que ce n'est même pas la peine. On l'aura la vie tranquille.

Je croyais revenir des Ziès comme d'habitude,
après y avoir fait quelques courses. Sauf que
maintenant j'allais retrouver Tiène et connaître
les nouveaux métayers. Bien que ma valise soit
légère, j'étais fatiguée, j'avais faim en approchant
des Bugues. Mais si la route avait été plus longue,
j'aurais pu continuer à marcher toute la nuit
durant, je l'aurais pu, à condition d'avoir faim et
chaud toujours également, d'écouter toujours
également le même crissement mou de mes souliers mouillés sur la route.

C'est après le carrefour, vers le milieu du
chemin, que j'ai entendu le piano. C'est vrai, à
cette heure-ci, Tiène est en train de jouer dans
l'atelier. Il doit y faire chaud et une vive lumière.
Je vois à l'avance le dos de Tiène, son cou, puis
son profil qu'il tournera vers moi lorsque j'entrerai. Il se lèvera mais ne viendra pas à ma
rencontre. Ses mains quitteront le piano et tombe-

ront le long de son corps levé et immobile. Peut-être a-t-il changé d'avis. Qui sait ? Il s'est peut-être décidé à vouloir ceci qui est rester plutôt que cela qui était partir. Avec ce même entêtement incompréhensible. Qui sait ?

Je me suis assise sur le talus. La musique m'arrivait en même temps que le vent, là sur les épaules.

J'étais à l'aise dans mes vêtements mouillés et chauds.

La pluie n'a plus d'importance. Tout près, elle est ce grésillement précis, au loin, elle est ce piétinement énorme.

Ça m'ennuie d'arriver tout de suite, maintenant qu'on y est.

On n'échappe pas à Tiène, je sais bien. Je serai celle qu'il voudra, la plus terrible, la meilleure. Je serai belle s'il le veut. Je me coifferai. Je mettrai la robe rouge à fleurs grises. Moi, je veux bien. Le dimanche on ira porter des fleurs à Nicolas. C'est vrai, Nicolas... Mais après tout ? On mettra notre petit garçon dans la chambre de Nicolas. Mais il faudra la faire repeindre en blanc. Ce sera à Tiène de décider. Moi, je veux bien.

Quelqu'un s'avance sur le chemin. Je le reconnais, c'est Clément avec sa lanterne.

Il s'est arrêté et s'est assis sur le talus à côté de moi : « Mademoiselle est de retour ? » Je lui ai demandé ce qu'il y avait de neuf. Il m'a dit que

M. Tiène jouait du piano comme chaque soir devant M. et Mme Veyrenattes et Mlle Barragues. Depuis quand était-elle revenue ? Depuis dix jours. « Elle est venue chercher quelque chose qu'elle avait laissé du temps de M. Nicolas, depuis elle revient chaque soir. »

Clément sait les choses du moment qu'elles sont arrivées, les hivers, les pluies, les gelées, les enfants, les morts. Il ne préfère rien à personne, personne à rien. Il se garde bien d'avoir un avis, on le dit vieux, on le dit sot, il ne fait ni bien, ni mal. Du haut de sa colline, il assiste à tout : tel jour il quitte sa pelisse d'hiver, tel jour, il la remet. Je me suis toujours demandé à quoi il songeait des mois durant en gardant ses moutons. Je crois qu'il ne sent pas qu'il est en train de parcourir, de sa vie, une vie d'homme ; sa pensée s'éveille avec le jour et décline avec le soir, elle suit ses brebis, elle s'accroche à ses mains qui trayent leurs pis, elle surveille son feu.

Nous sommes restés un long moment sans parler. Vraiment on n'a rien à dire à Clément. Puis, comment étaient les nouveaux métayers ? D'après M. Tiène, c'étaient les gens qu'il fallait. Il ne s'était rien passé, les agneaux étaient vendus, la laine aussi, pas de maladies, il faudrait bientôt parquer les bêtes pour l'hiver. Et les parents étaient-ils toujours déraisonnables depuis la mort de Nicolas ? Clément ne s'en était pas aperçu La folie pareille à la raison, la raison, pareille à la folie Il n'y a qu'à épier la folie sans esprit de raison et alors elle s'explique d'elle-même, se fait comprendre Non, il ne s'était aperçu de rien L'autre matin, il avait vu papa qui lui avait paru être comme d'habitude Où et que lui avait-il dit? Eh bien, c'était sur le talus du chemin de fer, près de la Rissole, très tôt. Ils avaient bavardé un moment. M. Veyrenattes lui avait fait remarquer que c'était un bien beau temps pour un mois d'octobre et qu'il faisait bon d'assister au lever du soleil. Clément ne se rappelait pas lui avoir entendu dire quelque chose de déraisonnable. Quant à Mme Veyrenattes, on ne la voyait plus dans la cour des Bugues Clément n'avait pas demandé de ses nouvelles à M. Veyrenattes parce qu'il comprenait qu'elle devait être souffrante depuis la mort de Nicolas. (Là-dessus, il s'arrête de me parler. Il le sait : il faut que douleur de mort d'enfant se passe, comme douleur de mettre enfant au monde, le temps juste n'est pas encore passé.)

En passant par la cour, il l'avait cependant aperçue par la fenêtre, couchée dans son lit. Elle lui avait fait un signe de la main.

Je la vois : elle est en voyage, elle vogue sur une mer de douleur. Elle ne peut pas s'arrêter encore et de la main elle fait un signe gentil pour signifier aux autres qu'elle ne les oublie pas, cependant

207

qu'elle est si loin qu'ils pourraient croire qu'elle ne s'aperçoit pas qu'ils passent dans la cour. On la laisse tranquille et elle en est reconnaissante et se sent pleine d'amitié pour eux. Elle s'excuse sûrement de ne pas être là à vaquer dans la cour, mais elle ne peut pas faire autrement, elle a à réfléchir : ce Nicolas qui ne rentre plus et dont elle aurait bien envie de caresser les cheveux.

Clément ne dit plus rien. A la lueur de la lanterne je vois sa veste d'été recouverte d'un fin plumage de pluie. Ses yeux sont baissés et, à l'ombre de sa casquette, il ne ressort de son visage ni les traits ni une ressemblance avec lui-même, mais seulement quelques rides luisantes qui donnent l'impression d'une vieillesse arrêtée, interminable. Il ne se ridera pas plus avant, il ne parlera jamais davantage. Dans Clément, c'est le Temps qui est auprès de moi.

Je lui ai dit que je le suivais dans sa cabane et que j'y dormirai.

Nous sommes montés sur la colline des Ziès. Il m'a offert sa paillasse, il a fait du feu et nous avons mangé ensemble un bout de pain et de fromage. A un certain moment nous avons entendu le trot du cheval de Luce Barragues. Je suis sortie sur le pas de la porte. Les fenêtres des Bugues étaient éclairées du côté de la cour.

Le lendemain et les deux jours suivants, je reste chez Clément. Je suis un peu malade, ayant attrapé froid lors de mon retour des Ziès.

Clément me fait du feu, il me prépare à manger et il part garder ses brebis. Il va chaque soir aux Bugues, il en revient tard, je ne lui demande pas ce qui s'y passe et lui-même ne me dit rien.

Je ne désire aucunement sortir de ma cachette, sans me préciser pourquoi. J'ai de la fièvre et je dors presque tout le temps. Lorsque j'ouvre les yeux, je vois mon corps enroulé dans la couverture brune de Clément et, par la porte ouverte, la vallée de la Rissole, morne, sous un ciel de fumée. La pluie tombe à intervalles irréguliers et emplit l'espace compris entre le ciel et la vallée, d'une vapeur brillante. Le feu brûle plus ou moins fort suivant les moments de la journée. Le matin il est rouge, le soir il est rose sous la cendre blanche. La cabane n'a qu'une fenêtre qui donne sur la forêt. Rien au mur qu'un fusil. Une odeur sure de lait de brebis caillé, mêlée à celle suintante des bûches humides qui sont entassées de chaque côté de la cheminée. Après l'ondée, l'odeur de la pluie entre et lèche les murs de la cabane, s'irise dans celle du lait et du feu. Cette troisième odeur est celle de ma meilleure solitude. Je le sais sans y réfléchir.

Je la hume jusqu'à son fond le plus ancien de chose ouverte et dispersée qui est maintenant refermée. On n'entend rien que le grignotement du feu. Mes yeux fixent la Rissole et se ferment.

Clément entre. Il ressemble à un arbre d'entre les arbres d'avant l'automne. Il fait le feu, il prend une pipe et s'assied un moment sur la paillasse qui est en face de la mienne. Et il repart. Il ne m'a rien dit, même pas regardée. Pourtant il sait que je suis couchée là, dans ce lit.

Au moment où les premières lampes s'allument, j'entends régulièrement les pas de la jument de Luce Barragues. Elle monte lentement. C'est vrai que la côte est dure. Je la vois : enchâssée sous un grand capuchon de pluie, toujours plus belle, qui vient chercher Tiène. Tiène malgré la pluie, le vent, la honte. Ce qu'elle doit avoir honte. Mille montagnes ne l'arrêteraient pas. Y crèverait sa jument, y vieillirait-elle, ne vieillirait-elle que pour y arriver, rien ne l'arrêterait sauf moi. Au pas balancé de sa jument, je me rendors.

Je suis trop occupée à sentir ma fatigue. Je commence par avoir trop chaud. Puis une sueur sort de toute ma peau et me laisse rafraîchie, ankylosée de fraîcheur. Cette fièvre est douce, douce. Elle ressemble à la douce pluie qui toujours se refait et toujours se défait en cette saison. Le prochain hiver va bientôt commencer.

Je dors. Quels qu'ils soient, les événements prochains ne me feront ni joie ni peine. Je me coulerai au travers, j'ai choisi ma place, elle est là où il n'y a rien à faire qu'à regarder.

Si seulement je me montrais. Luce s'enfuierait, Tiène risquerait de se tromper sur mon retour. Je ne pourrai jamais plus supporter qu'à cause de moi les gens se découvrent honteux. Et leur expliquer, non ; leur expliquer ma honte plus grande que la leur, celle de provoquer la leur, non. Je veux bien, moi, que la jument de Luce s'avance, portant une fille aussi belle. Que la lumière s'allume, que Tiène se mette au piano et qu'un moment après papa et maman viennent écouter la musique.

Luce. Ce qu'elle doit être effrayée par l'idée de mon retour. Ce qu'elle doit être devenue timide tout à coup devant elle-même qui se voit revenir aux Bugues et s'asseoir dans l'atelier avec les parents de Nicolas. Il me plaît que le désir de Luce aille si loin qu'il ait raison de son courage. Qu'elle avance vers les Bugues avec la seule arme de ce désir, abandonnée par son lâche courage, ses lâches remords. Il me plaît bien que l'on ait ce désir de Tiène, que Tiène soit l'objet d'un tel désir. Le monde me plaît dans lequel peuvent se loger de tels paroxysmes d'oubli. Luce est revenue.

Les parents, dont la discrétion pourrait paraître coupable, je sais qu'ils sont toujours polis avec Luce. Oh ! comme il me plaît aussi, papa, qui s'en voudrait d'en vouloir à Luce, qui peut encore être malheureux à l'idée qu'elle pourrait le croire. Parce que, après cette mort de Nicolas, du moment qu'il peut se supporter, il doit supporter Luce et la pensée que Luce y a été pour quelque chose.

Vers dix heures du soir, Clément revient. Nous mangeons ensemble gaiement, sans rien nous dire. Nous sommes seulement gourmands de fromage de brebis, de soupe au lait. Après le dîner, l'odeur glacée des étoiles entre dans la cabane. On est bien chez Clément.

*

Le premier jour de soleil je dois redescendre aux Bugues. On sort lorsqu'il fait beau. Ce que j'ai empêché d'arriver je ne l'empêcherai plus car Tiène ne doit pas ignorer ma présence chez Clément. Lorsque le soleil se lèvera, Tiène ira à la terrasse et se sentira joyeux. A ce moment-là sa première pensée sera pour celle-ci ou pour celle-là ou encore pour s'en aller dans l'hiver. Et il ne changera plus d'avis. Je ne l'ai jamais gêné ni empêché de faire ce qu'il désire. Il fera ce qu'il voudra.

Il s'est passé trois jours, trois nuits. Clément n'a pas parlé d'appeler un docteur. Il disait toujours qu'il fallait avoir chaud et dormir.

Le premier jour de soleil est arrivé après une ondée de nuit. Clément a ouvert la fenêtre sur le bois et la porte, toutes grandes. Je me suis sentie guérie. Il ne faut pas essayer de rester ici. Je me suis levée. Clément m'a prêté sa pèlerine et je suis descendue vers les Bugues.

Le chemin était boueux, déjà celui de l'hiver, roux de feuilles. Du bois, le vent arrivait sous des angles nets, jeunes. Vraiment, j'étais tout à fait guérie.

En montant, j'ai aperçu Tiène dans la cour. Il parlait aux métayers et vraisemblablement leur donnait des ordres. Il était vêtu d'un costume sombre et paraissait plus petit que lorsque je l'avais quitté. Le voir m'a fait me souvenir. C'est vrai que nous nous aimons. A partir de ce moment j'ai recommencé à désirer Tiène. Depuis quinze jours que j'étais à T... je n'y avais pas pensé, mais à ce moment-là, je l'ai suivi des yeux et chacun de ses gestes me rappelait, par son indifférence même, ceux plus secrets que je connaissais.

Je me suis demandé pourquoi il donnait des ordres aux métayers. Il les avait choisis et instal-lés alors que c'était moi qui aurais dû le faire puisque j'étais la seule maîtresse des Bugues. Mais avec Tiène, on ne sait pas.

Lorsque je suis arrivée, il était dans le salon. Il m'avait vue arriver sans doute. Il ne faisait rien. Il fumait et, la main sous le menton, il regardait par la fenêtre. Il a à peine détourné la tête, je ne voyais que son profil.

« Je sais qu'il y a trois jours que tu es chez Clément. » Comment le savait-il ? Le docteur des Ziès était passé voir le fils du métayer et il m'avait aperçue lorsque je descendais du train et que je traversais le village. Comment savait-il que j'étais chez Clément ? Il l'avait deviné. En effet, où aurais-je pu être ailleurs que là, chez ce vieux fou ?

Je ne sais pas pourquoi j'ai eu envie de rire mais j'ai eu peur de le fâcher. Je lui ai dit que j'allais déjeuner et me préparer et qu'ensuite, s'il le voulait bien, nous irions voir les métayers. Je n'avais jamais vu Tiène en colère, saisi par une vraie colère d'enfant. Je me suis imaginé comment il y était arrivé, d'abord lentement, puis tout d'un coup, de toutes ses forces, sans attendre. C'était sans doute ce qui me donnait envie de rire.

Je sais qu'il reste maintenant. A regret, à regret, sans doute. Mais il reste. Je l'ai eu sans vouloir le garder. Je l'ai. Tiène, c'était donc cet homme qui, finalement, resterait.

Il y avait beaucoup à faire à la maison. J'ai

préparé le déjeuner et je suis allée me rendre compte aux dépendances du travail qui s'était fait.

C'est à la fin de la matinée que je suis allée voir les parents. Ils étaient encore couchés. En m'apercevant, ils ont souri et ont dit qu'ils devenaient bien paresseux. Maman a déclaré qu'elle était bien tourmentée à cause de Nicolas et de Noël et qu'elle aurait bien voulu les voir revenir. Papa, lui, a dit qu'il reprendrait le travail dès demain et qu'on ne pouvait pas toujours se reposer.

Je suis restée un moment auprès d'eux. Papa paraissait réfléchir. Peut-être se demandait-il d'où je venais. Les yeux de maman passaient alternativement de la cour à ma personne, de ses mains à la cour. Son regard est devenu indiscret, il se pose sur vous et vous fixe avec une intensité vide. On n'a pas dû très bien s'occuper d'eux pendant mon absence. Leurs vêtements de nuit sont gris, leurs draps aussi. A cause de la fenêtre ouverte, on y voit encore assez dans la chambre. Pêle-mêle dans le lit traînent leurs grosses mains, leurs bras nus jusqu'aux coudes, leurs cheveux emmêlés, leurs formes absentes. Ils ont perdu jusqu'à leur odeur de parents. Ça ne se console plus, il n'y a plus assez de chair à embrasser. On ne peut plus les embrasser.

Papa s'est habillé. Nous avons sorti maman sur

le devant de la porte et nous l'avons installée dans un fauteuil au soleil. Je lui ai dit à l'oreille que Tiène et moi allions nous marier et que bientôt elle aurait des petits-enfants. Elle a levé les mains plusieurs fois et les a laissé retomber sur ses genoux. « Elle se marie, Louis ; ils se marient ! » Et papa a paru joyeux. Ils m'ont demandé de leur raconter comment cela s'était fait. Je leur ai dit que ç'avait été décidé depuis longtemps mais que nous leur avions caché pour leur en faire la surprise.

Je n'ai revu Tiène qu'à la fin de l'après-midi. Jusque-là je suis restée dans l'atelier auprès du feu. Vers le soir, j'ai fait rentrer maman ; elle a bien voulu faire quelques pas dans la maison et même elle est allée se faire du café à la cuisine, pour la première fois depuis plus d'un mois. Elle a rencontré Tiène qui était allé chercher du bois et je l'ai entendue qui lui demandait pour quand était notre mariage.

Tiène est revenu dans l'atelier. Il m'a demandé ce que j'avais dit à maman et je le lui ai répété. Il s'est retourné à demi, éclairé par la lueur du feu. C'est vrai, c'est il y a sept mois, en regardant Tiène qui ne parlait pas, que j'ai soupçonné l'ordre silencieux et inabordable du monde. Il m'a dit que j'étais pâle et amaigrie. Et aussi :

216

« On se mariera vite, parce qu'il faut que je reparte avant l'hiver. »

Tiène m'a fait faire le tour de l'aile gauche des Bugues. Il m'a prise par la taille dans le coin du grand salon. Il m'a dit : « Il faudra aussi que tu deviennes gentille et belle. » Et il a souri lui aussi, avec moi. Nous, nous savions bien pourquoi.

Nous avons entendu le cheval de Luce qui montait, aussi précis que l'heure elle-même. Il était dix heures. Il le fallait bien : Tiène m'a demandé de l'attendre et il est allé à sa rencontre lui annoncer notre mariage.

Lorsqu'il est revenu, je lui ai demandé d'arrêter là notre visite. J'étais fatiguée. Je voulais dîner et que nous montions ensemble dans ma chambre. Je voulais dormir avec lui. Il est venu auprès de moi et il a pris ma tête contre son cou, il l'a serrée très fort, il m'a fait mal. Je ne lui ai rien demandé. Il m'a dit qu'il n'avait même pas pu toucher Luce Barragues parce que c'était de moi qu'il avait envie.

Il faisait noir, une nuit d'octobre, fraîche d'orage.

ŒUVRES DE MARGUERITE DURAS

Aux Éditions Albin Michel

OUTSIDE.

Aux Éditions du Mercure de France

LE NAVIRE NIGHT.

Impression Bussière à Saint-Amand (Cher),
le 5 juin 1986.
Dépôt légal : juin 1986.
1ᵉʳ dépôt légal dans la collection : janvier 1982.
Numéro d'imprimeur : 1664.
ISBN 2-07-037341-X./Imprimé en France.